'08年版ベスト・エッセイ集

日本エッセイスト・クラブ編

美女という災難

文藝春秋

美女という災難◉目次

掲載紙誌の発行年はすべて二〇〇七（平成十九）年です。

美女という災難

「バス停巡礼」の愉しみ

妻への手紙を書きつづけて

美女という災難

——'08年版ベスト・エッセイ集

装画・装丁　安野光雅
（オーストリア　ウィーン）

美女という災難

独裁者コレクション

鹿《か》島《しま》 茂《しげる》
（明治大学教授）

私という人間はつくづく不幸な存在だと思う。なぜなら、趣味のつもりでやっていたものがいつしか「仕事」となってしまうので、次第に「遊び」の快楽ではなく、「労働」の苦痛を感じるようになるからだ。

たとえば、パックツアー。最初のうち、ツアーによってあまりに当たり外れの差が大きいことから一種の射幸心《しゃこうしん》が働き、コストパフォーマンスの良いパックツアーを見つけようと案内用パンフレットの言外の意味を解読することに熱中するうちに、パックツアーが趣味になってしまった。ところが、この経験をエッセイに書いたとたん、注文が殺到、やがて、書くネタを探すためにパックツアーに出掛けるという本末転倒が起るようになったのである。

かくてはならじと、以後は、この手の趣味や遊びに関するエッセイは極力控えるようにしていたが、ひとつだけ、いくらエッセイに書いても、あまりにヘンテコな趣味なので、同好の士というものが皆無らしく、原稿依頼がまったく来ないものがある。ゆえに、今回も、この趣味についてなら安心して書くことができる。

それは「世界の独裁者コレクション」である。

中国、ロシア、ベトナム、韓国などに旅するたびに、毛沢東、スターリン、ホーチミン、朴《パク》正煕《チョンヒ》、金日成《キムイルソン》などの独裁者が自らを崇拝させるために残した肖像画やブロンズ像、あるいは記念切手や貨幣などを集めてくるという趣味である。私は集まったコレクションを称して、ひそかに「人類の愚行ミュージアム」と命名しているのだが、こんなジャンルでも、当然ながら、レアーものというのはあり、そうした珍品が手に入ったときには、心の底からうれしさがこみあげてくる。

先日も、プラハを訪れたときに、かなりの珍品を入手して、ひとり悦《えつ》に入っていた。

それは、チェコ（当時はチェコスロバキア）が、一九四八年に共産党のクーデターで一党独裁の人民民主主義の共和国になったとき、その初代大統領となったゴットワルト、及び二代目大統領のザーポトツキーの記念メダルである。

スターリンとかレーニンとか毛沢東などの大物の独裁者の場合には、大量のイコン（銅像・ポスター）が造られているので収集はあまりむずかしくはないのだが、東欧諸国の小型スターリンたちのイコンというのは、それほど数が出回っていないので、その国の骨董屋《こっとうや》を巡《めぐ》ってもそうはお目にかからないものである。

なのに、ゴットワルトとザーポトツキーという、「小物中の大物」のスターリニスト独裁者のメダルが手に入ったのだから、これぞ「欣快《きんかい》に堪えない」という表現がぴったりである。

しかし、ひとつだけ、大いに不満なことがある。それはゴットワルトとザーポトツキーの記念メダルを手に入れた場所である。農家の納屋とか蚤《のみ》の市とかいうのならまだいいのだが、購入したのは、なんとプラハにある「共産主義ミュージアム」。

そう、已《や》んぬる哉《かな》、「私の」アイディアを横取りし、レーニンやスターリンなど独裁者のイコンを展示し、共産主義時代の風俗（食料品の配給所や秘密警察の尋問室）を再現するミュージアムを一足先に開いた抜け目ない奴がいたのである！　そして、私は不甲斐《ふがい》なくも、そのミュージアム・ショップで二人のイコンを購入するというコレクターとしての屈辱を味わわざるをえなかったのだ。

では、いったい、どんな人間がこんなアイディアを思いついたのだろうか？　プラハ情報に詳しいガイド氏の話によると、どうやらロシア・マフィアに連なる人脈らしい。場所がヴァーツラフ広場近くの目抜き通りで、マクドナルドのある建物の二階に階段を登っていくと、左がミュージアムで右がカジノというのだから、この噂には信憑性《しんぴょうせい》があるようだ。しかも、ガイド氏が職員の会話に耳を傾けていたところ、聞こえたのはチェコ語ではなくロシア語だったという。ロシア・マフィア経営の「共産主義ミュージアム」というのはいかにもありそうな話ではあるまいか？

ただ、私にとって救いだったのは、そのミュージアム・ショップで「高く」売られていたのはレーニンやスターリンのイコンであり、ゴットワルトやザーポトツキーなどチェコの独裁者のそれは「格安」だったこと。レーニンやスターリンの記念メダルは日本円にして万の単位だったが、ゴットワルトとザーポトツキーのそれはわずかに一二〇〇円にすぎなかった。

ようするに、「彼ら」は後者の珍品性に気づいていないコレクターの初心者なのであり、私のコレクターとしての矜持《きょうじ》は充分に満たされたのである。

なんとくだらない喜びであることよと笑うなかれ！　くだらなさこそが「遊び」の真の醍醐味《だいごみ》なのである。

（「小説現代」十一月号）

托骨

飯《いい》田《だ》　章《あきら》
（作家）

いや、驚いた。

身内の者が亡くなって、四十九日の法要を済ませ、菩提寺の墓地にある先祖の墓に遺骨を埋葬するために納骨室の蓋を開けたところ、なにかしら違和感を覚えた。どうも、収めてある骨壺の数がちがう気がして、仔細に調べてみると、余分な骨壺が一個混入している。どうやら、何者かが断りもなく、他人の墓に葬ったらしい。それも、念の入ったことに、納骨室の厚い石の蓋には元どおり接着剤で目張りまでされていた。いったい、いつ頃に持ち込まれたものなのだろう。ある知人から聞かされた話だ。

寺の住職に話すと、まれにこういう不届きがあるそうだ。なにしろ墓のことなので、何十年どころか、半永久的に発見されないことだってある。これを托骨というのだそうだ。

いったい誰が、どんな心づもりで、こんな行為に及んだのだろう。墓を作るなり、納骨堂を借りるなりして、身内の死者を手厚く葬りたくても、経済的事情が許さぬことは想像に難くない。といって、いつまでも遺骨を自分の手元に置いておくのも気味わるく、また、死者の希望でもないのに、山や川に勝手に散骨することもならず、ましてや、行政に頼んで無縁仏として葬ってもらうのも罪な気がして、それでやむなく、よそさまの墓に仮住居させてもらったのだろうか。これなら、雨露も凌《しの》げるし、とりあえずは、遺骨を安置できる。他人とはいえ、誰かがお参りもしてくれる。きっと、赤ちゃんを生んではみたものの、自分では育てられずに捨てるような感覚なのだろう。生きているものに比べれば、遺骨のほうがまだしも、罪は軽いと考えているかもしれない。それで、死者が浮かばれるかどうかは、考えの外なのだろう。

托卵という言葉がある。

鳥類の世界では、カッコウやホトトギスといった鳥が自分では営巣せずに、他の鳥の巣に卵を産み、それを仮親の鳥に抱卵してもらい、孵化から子育てまですべてを任せる習性がある。これを托卵という。ホトトギス科の鳥に多いようだ。なのに、托卵で産まれた雛は、仮親が産んだ卵や雛をことごとく巣外にはじきとばして、巣を占領してしまう。それを知ってか知らずか、仮親はよその雛を育み続ける。いかに習性とはいえ、まったく身勝手で、理不尽な話だが、こちらは托骨に比べれば、どこかしらユーモラスで、憎めない。それは鳥の世界ということもあろうが、新たにいのちの生まれてくるものと、すでに死んでいるもののちがいでもあろうか。

人間の世界には、托卵ならぬ赤ちゃんポストを設ける病院も出てきた。早速利用もされている。托卵があり、赤ちゃんポストがあるなら、托骨があってもおかしくないようなものだが、托骨というのはどうにも陰湿で、薄気味わるい。見も知らぬ人の遺骨を無断で押しつけられるのだ。どんな素性の人間なのかもわからない。そんな遺骨に紛れ込まれたら、先祖の霊だって穏やかでないだろうし、墓の管理者にしてみれば、いかにも寝覚めがわるい。警察に届け出て済むというものではない。行き場を失った遺骨はいずれ、無縁仏として処理されるはずだ。それではなおさら、嫌な気分をひきずる。遺骨の持ち主にしたって本意ではないだろう。なんとか持ち主を見つけ出して、遺骨を返却したい。そして意見なり文句の一つも言ってやりたくなる。

そんな話を聞いたら、自分とこの墓は大丈夫だろうか、と不安になってきた。東京近郊の霊園にある墓には、両親と母方の祖母、それに継母の遺骨が埋葬されている。継母は早逝した母の実姉で、父の死後、再婚している。その継母が死んだとき、婚家先におねがいして分骨してもらった。その継母の小型の骨壺を収納して以来だから、かれこれ二十数年というもの、墓の内部を覗いていない。その間に、よもや、見も知らぬ遺骨が紛れ込んでいたりはしないだろうか。といって、必要もないのに、納骨室の蓋を開けてみるのも妙なものだ。

ところで、この墓には祖母の連れ合い、つまり祖父の遺骨はない。祖父母の間には四人の姉妹が生まれたが、祖父にはその後愛人ができ、家を離れている。愛人との間には娘と息子が生まれた。私とはあまり齢《とし》のちがわぬ叔母と叔父になる。この若くて美しい叔母を、私は好きだった。彼女のほうでも私をずいぶん可愛がってくれた。彼女が勤めていたフルーツパーラーに顔を出すと、彼女は決して代金を受け取らなかった。きっと、彼女が自分で負担したにちがいない。私の誕生日を覚えていて、きまってプレゼントをくれた。しかし、彼女は肺結核を患って、独身のまま二十代の若さで亡くなった。

祖父が死んだとき、その遺骨は愛人のほうの墓に葬られた。祖父母は離婚したわけではないから、これも一種の托骨といえばいえるのではないだろうか。しかし、祖母は遺骨の返却を求めもしなかったし、私もそれでいいと思っている。いまさら同じ墓に入ったところで、祖母も喜ばないだろうし、祖父にしたって居心地がわるかろう。愛人も死んで、極楽とんぼ（祖母の口ぐせ）の祖父は愛娘と三人で、水入らずの燕居《えんきょ》を楽しんでいるにちがいない。

ともあれ、清浄であるべき墓の内部に異変がないことを祈るばかりである。いましばらくは、納骨の予定もなさそうだから。

（「群像」八月号）

「昭和」のにおい

清野《きよの》恵美子《えみこ》（著述業）

昭和の思い出を語るとき、たいていの人が「我が家にテレビがやってきた日」のことは、よーく覚えている、と言って、ひとしきり話が盛り上がる。

私の家でも、ご多分に漏れず、テレビを買うきっかけは、子どもがよその家にテレビを見に行って帰ってこないのに困り果てて、母が買う決心をしたからだった。

テレビが来た日の興奮は、今でもはっきりと覚えてはいるけれど、私が「昭和」に思いを馳せるとき真っ先に思い出すのは、テレビが家に届いた日のことではなくて、銭湯の情景である。

銭湯の脱衣所に貼られた『ゴジラ』の大きなポスターと、それを食い入るように見つめている男の子。男の子は濡れた体を拭こうともせず、オチンチンをあらわにしてゴジラに見入っている。

町の銭湯に貼られたということは封切からかなりの時がたっていたはずだ。かつて、映画は一流館で上映されたあと、二流館、三流館へと落ちてきていたから、自分の町の映画館で観るまでに、長いときで二、三年は待たされた（ような気がする）。

この男の子は、ゴジラの映画を観ていなかったのかもしれない。ようやく地元の映画館に来たゴジラを観たいと思っていたのか。それとも、すでに繁華街の一流館に連れて行ってもらって観ていたけれど、また観たいと思っていたのか。男の子はみんなゴジラに夢中だったから、何度でも観たいはずだ。

いずれにしろ、男の子は、母親とおぼしき女性の声で我に返る。

「服も着ないで、何してたのっ！」

当時、銭湯に行くのはレクリエーションでもあった。内風呂がある子もみんな誘い合って銭湯に行ったものだ。とくに男の子にとっては格好の遊び場だった。

入り口から遊びは始まっていた。下足札の取り合いなのだ。好きなプロ野球選手の背番号——川上哲治《てつはる》の16番、藤田元司《もとし》の18番、中西太の6番が大人気で、7番も与那嶺《よなみね》要と豊田泰光の両方のファンが狙ったから、競争率は高かった。

ゴジラに見入っていた男の子も、きっと二、三年後には母親に連れられて女湯に行くのを嫌がり、友だちと銭湯に行ったにちがいない。

それから、思い出すのは「隣のせいちゃん」のことだ。

せいちゃんは、ちょっと乱暴者だったので、ときどき除《の》け者にされることがあって、よく一人で遊んでいた。だが、夏休みになると、事情が違ってくる。

「おい、えみ、来い。セミとりに行くぞ」と、あみと鳥黐《とりもち》をぬった竿を手にしたせいちゃんが迎えにくるのだ。

私は怖がりで、大の虫嫌いだったから、この一声で縮み上がった。だが、乱暴者のせいちゃんの言うことを聞かずにすむわけがない。近所の原っぱに行ってセミとりやトンボとりの手伝いをさせられた。

いちばんいやだったのは、とったセミやトンボを「えみ、持ってろ」と言われることだった。男の子は、よくトンボの羽を毟《むし》りとり、空に放つ。羽を奪われたトンボは飛べない。落下するトンボを見て笑うのだ。

だが、乱暴者のせいちゃんは、トンボの羽をとらなかった。それどころか繊細な羽が傷つかないようにそっと持てと、私に注意した。

私が虫に触るのを怖がることをのぞけば、何事もなくこの遊びは終わり、だいたい二、三時間で私は解放された。

たった一度だけ大騒ぎになったことがある。何の弾みか、竿の鳥黐が私の頭にべったりとついてしまったのだ。もがけばもがくほど髪の毛が鳥黐と仲良くなる。痛いし恥ずかしいし、せいちゃんの竿に引っ張られるようにして家まで帰ったときの情けなさといったら！　家に帰ってから、せいちゃんがお母さんから激しく怒られたことは言うまでもない。

このように、私は昭和を振り返るとき、必ずと言っていいほど少年がいる光景がよみがえる。なぜだろうか。

ずーっと長いこと不思議に思っていたのだが、今回『昭和レトロ語辞典』を書いているうちに、はっと気づいた。昭和の光景は少年のいる光景なのだ、と。

ひところ、しきりに論議されたことがある。

「子どもたちの危機」「路地裏から子どもが消えた」「子どもが遊ばなくなったのではない。子どもの遊び場だった路地裏がなくなったのだ」「路地裏を取り戻せ」等々という議論だった。

たしかに、銭湯で下足札を取り合っていた男の子たちは、路地裏でめんこやべーゴマに興じていた。路地裏は子どもたちの歓声で満ちていた。

あの頃、子どもたちは元気に遊びまわっていたが、男の子と女の子は微妙に遊びの棲み分けを行っていたように思う。

いま言っためんこやべーゴマはもちろん男の子の遊び、女の子が一緒に遊ぶことはなかった。こっちで女の子がゴム跳びをしていれば、あっちでは男の子が馬跳びをしているというふうだった。

石蹴りは女の子、Sケンは男の子の遊びだった。一緒に遊んだものといえば、缶蹴りにかくれんぼくらいだったと思う。男の子はとても身近にいたけれど、一緒に遊んだと言うより遊ぶ姿を見ていたと言ったほうがいい。

相撲を取ったり、プロレスごっこをしたり、「開戦、ドーン」だの「空襲警報発令」だのと叫びながら、走り回っていた姿を。

だから「昭和」を思い出すとき、男の子の姿が髣髴《ほうふつ》としてくるのだ。

(ちなみに「開戦、ドーン」や「空襲警報発令」は撃ち合ったりする戦争ごっこではなかった。ただ大声を上げて追いかけたり、遊びの始めに掛け声を上げる「よーい、ドン」のようなものだった。戦争の余韻が見られるものの、遠ざかりつつあることをも物語っている。)

そろそろ昭和が終わりそうだという予感を誰もが持ち始めていた頃、やはり昭和を懐かしむブームが起こった。

大正末期から昭和初期にかけての大正ロマン・昭和モダニズムへの復古《レトロ》ブームであった。

このレトロブームのとき、中心にいたのは女性。少年少女でも男性でもなく、竹久夢二や高畠華宵《かしょう》の抒情画に描かれた日本的で、かつモダンな女性たちだった。

当時、モガ・モボたちが闊歩《かつぽ》したという記述も知っているし、写真も見たことがある。だがレトロブームに沸いたとき、男は彼女たちの遠景にかすかに見えるだけだった。

若い魅惑的な女性に代表されるレトロブームと、多感でいたずら盛りの少年世界がよみがえる昭和三〇年代ブームと、いったいこの違いは、同じ復古《レトロ》でありながら、どんな意味を持つのだろう。

レトロブームは繰り返される。人はちょっと昔を振り返りたがるから。手を伸ばせば届きそうな時代を引き寄せたがるから。

少年時代や青春時代を懐かしんで「あのころは、よかったなあ」と懐古するのは悪いことではない。

トシのせいか「昭和」と聞いただけで、妙に切ない。涙ぐみそうにもなる。昭和の真っ只中に生きていたとき――若かったせいもあるが――「昭和」と聞いただけで胸がいっぱいになるときが来るとは、思ってもみなかった。

けれど世間が、あんまり「昭和、昭和」というものだから、懐かしんでいるというより騒ぎ立てているようにも思え、その騒ぎの中から硝煙にも似たきな臭さが立ちのぼって来はしないかと、小さな恐れも感じるのである。

（「本」二月号）

謝礼金三十円

池《いけ》部《べ》良《りょう》
（映画俳優・エッセイスト）

僕のおやじは絵描きだったから一年の三分の二は母屋に沿った画室に、朝食が済むと直ぐに閉じ籠《こ》もり夕方六時の夕食どきには几帳面に居間の食卓に向ってちびりと日本酒か何かで一杯やっていた。僕が覚えている限り中学校に入る頃から説教とも愚痴ともつかない口調で「男ってのはな、金や物に執着しちゃいけねえんだ。そういうのを欲しがる奴は立派な人間にゃならねえな」と呟《つぶや》いていた。

おやじの目の前に座らされていた僕もいつの間にか「そういうもんだ」と思い出し、何故か月給取りにだけはなるまいと心に決めていた。

立教大学予科二年生（十九歳）になった春、母校明治学院中等部の漢文を教えて下さっていた羽田《はねだ》先生から真っ白い和封筒が届いた。

何事かとひどく訝《いぶか》って恐る恐る開いた封筒の中から現れた便箋には毛筆で書かれてあり、「貴君が毎年夏休みに参加しておられた明治学院水泳部の今夏合宿より貴君をわが水泳部の古式日本水泳一水流《いっすいりゅう》の助手に推したい。

万難を排してお出下さるなら念の為に申し添えるが謝礼金は些少ながら金三十円であります。よき御返事を鶴首《かくしゅ》して待っております」とあった。ひたすら恐懼《きょうく》感激して引き受ける旨の電報を差し上げておいた。

驚いたのは謝礼なんて夢の又夢であったし、しかも三十円なんて僕にとっては大金だったこと。当時私立大学を卒業して入社した初任給が六十円ほどだったから、三十円と言えばその半分、世間の相場としては安いが、まだ大学生の身にはかなり高額の金額だった。

この水泳部と言うのは古式日本水泳を体得するのを基本にした一種の臨海学校。

合宿が始まる日の朝、一年生から五年生までの水泳部員全員六十人が合宿所になっている旅館の大広間に集められ部長羽田先生の開所挨拶と訓示があって、松沢さんと言われる大先輩が「新任助手の池部良君に一水流免許の印可状《いんかじょう》を授与し、水号《すいごう》を授ける」とおっしゃった。水号なんて聞いたこともない言葉だったから隣りにいた早稲田大学生の黒田先輩に「すいごうって何ですか」と聞いたら「俺もよく知らねえが、一茶とか芭蕉みたいな芸名じゃないのか」と言うことだった。

「では、水号、翔水《しょうすい》」と言われた。

後で字を羽田先生に訊《たず》ねたら奇麗な字だったが、松沢先輩の発音が悪かったのかショ、ウ、スイと聞え、以来生徒達からショ、ン、ベ、ン先生と渾名を付けられ甚《はなは》だがっくりとした。

印可状を授かった後、羽田部長先生から三十円が入っている茶封筒を受け取り武者震いをし膝頭が震えたのを覚えている。

合宿は千葉県の館山湾沿いにある那古《なこ》海岸で行われた。三十日間の合宿も僕の助手任務も無事に終り八月二十五日に合宿を解散している。三十円という金額は大したことのない額だが謝礼として現金を手にするなんて、生れて初めての経験だから喜び勇んだ気持を越えて無性に嬉しかった。

ただただ無意味に興奮して、みんなと一緒に東京へ戻るのが惜しくなった。

全員引き揚げる日の朝、僕だけ二、三日の居残りを告げ「じゃ、ションベン先生、さよなら」と声を掛けてくれる生徒に手を振って別れた。

さて、こんな大金は僕の水泳技術を買ってくれたものと解釈して居残った二日後にはわが家に帰ろう。そしておやじやおふくろに逸速《いちはや》く見せてやろうと思ったが翌日一人で夕御飯を食べていたら、ふと心の内がお椀の蓋《ふた》を取るかのように変り、どこか見知らぬところへ行ってみようと大決心をした。

行き先も泊り先も決めず闇雲に上野駅から列車に乗り込んだ。列車の終着駅は新潟だと知ったが、ええいままよと腰かけに陣取って新潟駅で下ろされたのが夜の七時頃、駅弁を買うなんて知恵が出なかったから、すっかり腹を空かして足取りも怪しく改札口を出た。

駅前に明々と電気を点《つ》けた西洋館を見た。近づくと看板に「イタリヤ軒御西洋料理」と書かれてある。渡りに舟と入ったら若いが太っている芸者さん風の女と和服姿の中年男がテーブルを囲んでいた。「ねえ、あんだ学生さんかい」と彼女が聞く。「そうだけど」と答えたら、どさっと立上って来て「こんな高いとこで食わねえで、あたすん家《ち》に来ねえかなと思ってんだ」と言う。彼女の勢いに押されて彼女の家に付いて行ってしまった。彼女はかもめと言う名前の芸者で、お祖母さんと一緒の二人暮しなんだそうだ。四日目の朝「あたす、ちょっと泊りがけで出るから留守番頼むね」と言って出て行った。彼女がいなくなって初めて会った婆さんの尿瓶《しびん》の世話なんか嫌だったから表に出て一呼吸したら東京へ帰りたくなった。

大森の家の勝手口に足を入れたら、絵筆を握っているおやじと鉢合わせをした。「ばかやろ、学校から電話があった。一週間もどこをほっつき歩いてたんだ」と言うから新潟での話をしたら「そのかもめと四日もいて、何をしたのか」と言う。「え?」と言ったら「何もしねえのか、四日も若い男女が一緒にいたら、なにするだろう、ばかやろ」と言って画室へ入って行った。謝礼の三十円は殆ど丸々残ったが、おやじ、おふくろには見せなかった。

(「文藝春秋SPECIAL」季刊秋号)

砂のまじったカレー

廣《ひろ》淵《ぶち》升《ます》彦《ひこ》
（国際ジャーナリスト）

カレー料理をはじめて日本に紹介したのは、なんでも横浜に住むイギリス人で明治維新のころだったという。ちょうど関ヶ原の戦いのあった一六〇〇年に、インドに東洋進出の拠点を定めたイギリス人は、長い年月の間にカレーや紅茶を世界に広めた。そうした行動の一環として、この親愛なる食べ物は日本にやってきた。

カレーを日本に伝えたのがインド人自身ではなくてイギリス人だったというところに、十九世紀の国際的な力関係が反映されている。しかし今日語ろうとするのは、そんな古い時代からのカレーの文化史ではない。冷厳な国際政治の「いま」についてである。だいいち「砂のまじったカレー」というタイトルからして、食通たちが喜びそうな、キザでディレッタント趣味の話ではないことがお分かりいただけるだろう。

砂がまじるというのは、近くに砂漠があるからだ。砂漠の本場（？）となるとアフリカのサハラだろうが、サウジアラビアにもさらさらとした粒子の細かい砂からできた砂漠がある。この砂が風に乗って、隣の国オマーンの高原に飛んでくるのだ。そこにはイギリス人部隊が駐屯していて、先祖が何世代にもわたってインドから学んだカレー料理を作っている。その中へ、砂の微粒子が忍び込むという寸法である。彼らの簡易宿舎の机や椅子の上にも、砂はうっすらと積もっている。士官たちは一様に礼儀正しく、じつに洗練された英語を話した。ほとんどはサンドハースト陸軍士官学校の卒業生であった。ということはウィンストン・チャーチルの後輩である。彼らは取材に訪れた私たちに、カレーライスをご馳走してくれた。けっこう旨かったが、私は複雑な思いでこの独得の舌ざわりのするカレーを食べたものだ。

なぜ日本人にとってなじみの薄いそんな遠い国の高原まで、わざわざ砂まじりのカレーを食べに行ったのだとお思いかもしれない。しかし私はなにもカレーを食べに行ったのではない。目的はべつにあった。お目当てはホルムズ海峡であった。一九八〇年の九月、イラン―イラク戦争が勃発《ぼっぱつ》したときのことである。

ホルムズ海峡というものを一度地図でぜひご覧いただきたい。有名なペルシャ湾の出入り口に位置する海峡である。この湾の西側にはイラク、サウジアラビア、クウェート、アラブ首長国連邦などのアラビア半島があり、東側にはこれも大産油国のイランがある。このアラビア半島が突出して、東岸のイラン領にくっつきそうになっているところがホルムズ海峡だ。きわめて狭い。原油を積んだタンカーがこの海峡を無事通過できることで、日本や韓国をはじめ多くの国々は生き延びているのである。なにしろ日本に入ってくる原油の七五パーセント（当時）がこの海峡を通るのだ。もしイラン―イラクの戦闘のとばっちりがこの海峡にまで及び、通行が不可能になれば、日本という国の息の根はとまる。

いまの世の中で石油がいかに生活に深く食い込んでいるかは、想像するだけで慄然《りつぜん》とする。石油がないと電車も走らないし、ポリ袋はもとより、医薬品が作れない。農業にどうしても必要な化学肥料も作れない。現在の米は石油でできているとまでいわれる。一時期、「国民の生命にかかわる米は自給自足でないと国の安全が保てない。外国の米は一粒たりとも輸入させない」と力んだ国会議員たちがいた。しかしその肝心の米を作るのに不可欠な石油についての思いが彼らに欠けていることは、発言を聞いていて明らかだった。石油がなければ脱穀機《だっこくき》も動かないし、消費地に米を運ぶこともできないのである。

その日本の生命線であり、地球上で最も大事な場所ともいうべきホルムズ海峡がいまどうなっているのか、現地からのレポートがどうしてもほしいということになった。職場の同僚たちが解説委員の私に「現地に出向いてくれませんか?」と言ってきた。私はカメラクルーと共にただちにオマーンの首都マスカットに向かった。

マスカットには日本のマスコミはどこも来ていなかった。アメリカはNBC放送だけが来ていたがすでに帰ったということだった。ここに駐屯《ちゅうとん》しているアメリカ海軍の広報担当少尉からスライドを使っての説明を受けた。写真で見るホルムズ海峡はたしかに狭かった。

「ここに石油タンカーを横並びにして五隻沈めれば、航行は不可能になる。その気になれば技術的にはいつでも可能だ。しかしいくら(イランの)ホメイニだって、世界を敵にまわすそんなことはしないだろう。もしすれば、アメリカをはじめ各国はただちにイランを攻撃するだろうからだ」。穏やかだが、凄《すご》みのある話だった。こうした報道機関向けのメッセージが、イラン政府への威嚇《いかく》になり抑止効果になっているのだろうと思った。

説明のあと、我々はオマーン海軍のヘリコプターで海峡に向かった。ゴートアイランド（山羊の島）という島に降り、そこで海軍の哨戒艇《しょうかいてい》に乗り込んだ。数日前のA紙には海峡の近くをパトロールする哨戒艇の上で、少年兵が緊張した面持ちでマシンガンを構えている写真が載っていた。しかし現地の雰囲気はそんな緊張感とはほどとおいものだった。湾のはるか奥では、イランとイラクが肉弾戦を展開しているというのに、海峡は凪《な》いでおりきわめて静かだった。「兵士が銃を構えるということはないのか？」と私は聞いた。艇上の士官は言った。「ああ、あの写真は新聞社の求めに応じたポーズですよ」。

「そういうことだったのか」と思った。だが東京では、同僚たちはあの写真が示す一触即発《いっしょくそくはつ》の緊張感あふれるレポートを期待しているのだった。私は艦上に立ちマイクを握った。ホルムズ海峡がいかにも静かで、湾内の緊張はここまでは伝わってこないというのが、伝えるべき重要なメッセージであった。

しかし表面は何事もない海峡だが、この平穏さは複数国家の強烈な意志力と軍事力が支えているのだということをひしひしと感じた。地中海にいた米、英、仏等の軍艦や空母がこちらに急行しているという情報も伝わってきた。イランは、中国から買ったシルクワームというミサイルを手にしていた。そして連日連夜ペルシャ湾を越えるラジオ電波を、イラクやサウジアラビアをはじめ周辺のアラブ諸国の民衆に向かって発していた。「イスラムの同胞よ、腐敗した政府を倒し、革命のために立ち上がれ！」という趣旨の放送であった。弾丸を撃ち合う戦争のほかに、もう一つの「言葉による戦争《ウオー・オブ・ワーズ》」が行われていたのだ。

マスカットに帰り、毎日戦局を見守っていた。アラビア海に停泊してペルシャ湾内に入る順番を待っているタンカーの多い日は、湾内の戦闘がはげしい日だった。順番待ちの船影の少ない日は、湾内は比較的安全という意味であった。しかし毎日毎日、ホテルの窓からアラビア海に浮かぶ船をボケーッと見ているわけにはいかなかった。オマーン政府は、私たちに見るべき重要な個所を案内するツアーを組んでくれた。魚市場、オアシス、モスク、何世紀ものあいだ使われている灌漑《かんがい》用水路などであったが、私にとって最も印象的だったのが、南部サラーラの丘陵にいる英軍部隊だった。

オマーンは穏健な国で、カブース国王は民衆の幸せを願い、女性の教育にも熱心で、近代国家への道をひたすら歩いていた。そんな国に、もう一つの外国の謀略の手が伸びていた。アンゴラ、南イエーメン、アフガニスタンへと勢力をのばしたソ連は、オマーン南部の親ソ派ゲリラを焚《た》きつけていた。この呼びかけに呼応した反乱勢力が、暴動を起こした。これを抑圧するのが英軍の役目だった。一八九一年にオマーンはイギリスの保護領となり、一九七一年に独立したが、その後も両国の絆《きずな》はつよかった。砂まじりのカレーの中には、両国の過去の歴史、ペルシャ湾の安全と米軍の存在、多数のタンカー群、謀略の電波、モスクワの意図などのすべてが溶け込み、凝縮されている気がした。

その後イランとイラクは八年にわたる死闘のあと、どちらが勝ったか負けたかわからぬうちに休戦となった。イランの最高指導者ホメイニ師は、毒の杯を呑む思いで休戦を決断すると悲痛な声明を発した。サダム・フセインの仕掛けた地雷の上を、歩いて進軍させられたイランの少年兵たちの悲劇は終ったのだ。

しかしペルシャ湾の一帯が平穏になったことはその後一度もない。不安定要因はいまもつづいている。テロ組織がこの海峡に手を伸ばしてくる危険は常に考えておくべきだろう。

さらに原油がアラビア海から灼熱《しゃくねつ》のインド洋を通り、海賊の跋扈《ばっこ》するマラッカ海峡を抜けて台湾の沖を通過し、はるばる日本や韓国までたどり着く困難にみちた旅路のことを、ときには具体的に思い浮かべてほしい。この脆弱《ぜいじゃく》な循環の環の一つでも壊れれば、日本というシステムは死ぬのである。それは韓国も台湾も同様である。

「そんなことを私一人が心配してもどうにもなるものではない」とお思いかもしれない。だがそれはちがう。こういうことに関心を抱く人々がふえれば、世論のあり方は劇的に変わるはずだ。もっとしゃきっとした知的緊張感がみなぎり、社会に背骨が一本通るだろう。それが無能で定見なき政治家や官僚の退場を促《うなが》すことにもつながってゆく。

ところで、こうした英軍はいまでもオマーンにいるのだろうか？　二〇〇七年の二月半ば、私はマスカットのオマーン情報省に電話してみた。「その後、わが国は平穏になり英軍はもういません。なんならご自分でたしかめに来てください」とハリリ広報部長はユーモアをまじえて語った。

ソ連自身の変容と解体が最大の原因だが、「国民を幸せにするのはイデオロギーではなく、技術や経済、教育の振興だ」というカブース国王の施策が成功しているためである。

英軍はいなくなっても、現実の本質は変わっていない。小国オマーンは自国の安全を他国に頼らざるをえないのだ。ここにはいまも二一〇人の米軍人がいる。隣国バハレーンには米軍基地もある。ペルシャ湾とホルムズ海峡の安全に果たしている米軍の役割は大きい。

ここまでの内容を親友のSに話した。茶目っ気たっぷりの彼は言った。「そうか、本当の世界を知るためには、たまにはカレーに砂を入れて食ってみるか」と。私はそこまでは求めない。しかし、もし高校や大学などで、こういう視点から授業をする人がふえてくれば、「世界のいま」に対する日本人の認識は様変わりになるだろう。若者たちの目は輝き、世界を見る能力が格段に進歩することはまちがいないのである。

（「Food Biz」三月号）

イギリス人はしぶとい

土屋賢二《つちやけんじ》
（お茶の水女子大学教授）

十二年前イギリスにいたとき、通販カタログを見て驚いた。

「ワンダーボタン」という奇妙な商品がある。

ボタンにスプリングやゴムの輪をつけた商品で、ズボンのウエストのボタンが届かなくなった人のために、輪の部分をズボンのボタンに、ボタン部分をズボンのボタン穴に入れて胴回りを拡張する驚異の道具だ。ズボン用の他にシャツ用、スカート用がある（ズボンやブラジャーのホックに使う「ウエスト・エクステンダー」「ブラ・エクステンダー」などの商品もある）。

ズボン用ワンダーボタンをつけると、ファスナーはV字型に開けたままにしておくことになるから、慎重に使う必要がある（「ワンダーファスナー」は開発されていないようだった）。わたしはワンダーボタンは買わず、そのカタログから、靴の幅を広げる道具を妻用に買った。

これらの製品は、ズボンを買い替えられない貧困と肥満の産物であり、結晶である（肥満と貧困の組み合わせは意外に思えるかもしれないが、以前テレビで見た「食糧不足にあえぐロシア人」は例外なく、わたしより栄養状態がよさそうだったから、貧困と肥満の組み合わせは普通なのかもしれない）。

わたしはこのカタログを見て思った。イギリス人はしぶとい。ボタンが届かなくなっても簡単にはあきらめないのだ。

ズボンを買い替えられないほど貧乏なのなら、初めからゴム入りのズボンを買えばよさそうなものだが、そんなことはイギリス人の誇りが許さない。最初から負けを認めるような敗北主義を潔しとしないのだ。初めから「どうせ太るんだ」とあきらめてゴム入りのズボンを買うよりもむしろ、どんな逆境にも不屈の精神で立ち向かうことを選ぶのだ。

もしかしたらイギリス人が着ているものは、全部、子供のころ着ていた服をこのような手段で拡張したものかもしれない。

だいたい、古い物の扱い方がそうだ。イギリス人はどんなに古くなったものでも大事に使う。わたしが借りていた家は「築百五十年」だったが、その通りにある家はどれも同時期に建てられたものだった。それでもわたしが住んでいたケンブリッジでは比較的新しく、「新興住宅街」と言えるほどだった。もっと古い家に住んでいる人は家の古さを自慢していたから、もし石器時代の洞窟があったら、争って住んでいただろう。

自転車もそうだ。こぐたびにギーコギーコと音を立てる自転車が普通で、新品の自転車は十ヶ月の滞在中、二台しか見なかった（そのうち一台をもっていた知り合いはすぐに盗まれた）。日本なら、停めておくとゴミとしてもって行かれそうなサビだらけの自転車でも、売る人がいれば、買う人がおり、盗む人がいる。だからどんなボロ自転車でも、厳重に太いチェーンで街灯などにつないで盗難を防いでいる（チェーンの方が価値がありそうに見えるほどだ）。それでもなおチェーンを切って盗む者がいるのだ。

古本も古い。古本を買うと、表紙の裏には値段を何回も鉛筆で書いては消した形跡があり、何度も古本屋を経由したことが分かる。本そのものが消滅することがないから、絶版になった本もたいてい見つけられる。

当時のイギリスには、どんなに古いテレビ、洗濯機でも、それを修理する店や売買する店があった。借りていた家にあった年代物の掃除機が故障しても、掃除機の部品の専門店で部品を買って簡単に直すことができた。あくまでも使い続けるという前提で製品が作られ、部品が売られていたのだ。

イギリス人はこうして、どんなものでも徹底的に使いきり、いよいよどうしても使えなくなってしまったら、そこで初めて、骨董品にする。

骨董品への愛着も尋常ではない（大英博物館を見よ）。子供の趣味が骨董品収集だったりするのだ。子供相手に骨董品（メンコ、ビー玉、玩具、人形のたぐいだが）の価値を教えるテレビ番組が成り立つほどだ。

日曜日に開かれる蚤の市に行っても、日本なら完全にゴミに分類されるような品物しかなく、掘り出し物はまずない。

なぜイギリスで普通のゴミが出るのか不思議でならない。

古い物に対するイギリス人の考えはこうだ。「古い物のどこが悪い？　われわれのじいさん、ばあさんが使ってきたんだ。われわれに使えないはずがない」

日本との違いに驚いていたら、ある老人がこう嘆いていた。

「最近はすっかり使い捨ての時代になってしまった」


（「文藝春秋」八月号）

サンシャイン

陳《ちん》　舜《しゅん》臣《しん》
（作家）

フルネームで呼ばれることはめったにない。たまにチンシュンシンと呼ばれると、どうも相手は一気に言い切れない気配である。途中でひと休みしたり、舌がもつれそうになったりするらしい。

小学校のときはそうでもなかったのに、中学以上になると先生の舌がおかしくなるようだった。私はその理由を知っていた。

私の名の舜は堯《ぎょう》のあとを継いだ聖天子の名である。そんな聖天子の臣となればしあわせだろうと、祖父が舜臣とつけたのだ。わりに多い名といえよう。諸橋の大漢和辞典の「舜臣」の項は史上の著名な舜臣を五人もあげている。中国だけではない。李朝にも李舜臣（一五四五―九八）という超有名な水軍の大将がいた。

私の父は日本が台湾を領有した初期に、日本語教育をうけ、その後日本で貿易業を営んだ。だから日本語にほとんど不自由はしなかった。子供の入学手続などは、もちろん父がみずからしたのである。新入生の名にふりがなをつけよという指示に、父は迷うことなく「チンスンシン」と書き入れた。台湾語では舜はスンであり、日本語でもおなじだと父は思ったのだ。ついでながら韓国語でもスンである。

中学に入って漢和辞典を買ってもらい、調べてみると舜はシュンしか読み方はない。漢字は伝来のルーツによって、北方の漢音と南方の呉音とがある。たとえばおなじ「木」で土木《どぼく》の木は漢音で、木魚《もくぎょ》の木《もく》は呉音である。だが、舜は漢音も呉音もシュンなのだ。幼児のころ、「この子の名前は?」ときかれたとき、親が「スンシンです」と答えて以来ずっとまちがった呼ばれ方をされていたことになる。幸い舜はめったに使われない字であり、私は不便をかんじたことはない。

チンシュンシンは、外国人にも発音しづらいようだ。私の作品を英訳本で読んだアメリカの読者に、去年ハワイで会った。イタリア系の人だがこう言った。

——あなたの名前は言いにくい。もっと呼びやすい名にすべきだ。なんなら私がつけてあげましょうか。

彼はチンシュンシンをなんどかくり返してから、「そうだサンシャインがいい!」と、叫んだ。ホノルル滞在中、私はサンシャインと呼ばれた。

彼はカリフォルニアのワイナリのオーナーで、やがて無事帰国したことを知らせる手紙が届いた。宛名は Mr. & Mrs. Sunshine であった。

(「オール讀物」十二月号)

目のつけどころ

志村《しむら》史夫《ふみお》（著述業）

私は、いままで、学生、院生時代を含めれば四十年近く、さまざまなテーマの研究（道楽）に従事して来た。最も長期間従事したのは「半導体エレクトロニクス」という「ハイテク」である。この分野の研究生活を十年余送ったアメリカから帰国した一九九三年以降は、まさに「さまざまな」テーマに取り組んで来たのであるが、その「さまざま」はいずれも、私が長年「ハイテク」に従事したからこそのものだったのである。例えば、私は生きものたちが持つ、人間のどんなハイテクも及ばない「超技術」「超能力」に驚愕し、調べ、実験もし、その一部については一冊の本（拙著『生物の超技術』講談社ブルーバックス）にまとめもした。

しかし、いつかは真剣に取り組みたいと思いながらも、あまりにも「超能力」すぎて、この十数年間、その取っ掛かりさえも見出せないのが「擬態」である。

「擬態」というのは「動物が身を守ったり、エサを獲得したりするために、自分の身体の色や形を周囲の他の物に似せること」である。

このような「擬態」については、不思議なことだらけなのであるが、その一つは、身体を海底の砂にしっかり溶け込ませてしまうヒラメやカレイの「擬態」である。

彼らの「目の位置と視線の向き」を考えれば、彼らに「海底の砂に溶け込んでいる、あるいは溶け込もうとする自分自身の姿」を見ることはできないはずである。われわれの常識から考えれば、自分の姿を何かに似せようとする場合、まず第一に、その「何か」を凝視観察し、「似せるための行為」をした後、その「何か」と自分がどれだけ似ているか、をチェックしなければならない。そして、徐々に改良を加えて、その「何か」に近づけて行く。このような「常識的工程」を考えるならば、両目が身体の上についているヒラメやカレイが、どうして海底の砂に溶け込める擬態ができるのか、私にはさっぱりわからないのである。

また、幼魚のうちは、普通の魚と同様な形なのに、成長するに従って、どうして、あのように平べったい形に変化し、同時に身体の左右に付いている両目が上に寄って行ってしまうのかもわからない。いずれにせよ、彼らはシンカの過程で、海底に貼り付いて生活する道を選び、そのために最も適した形態に治まったのである。それにしても、ヒラメやカレイの「目のつけどころ」はかわっている。身体の両側に目を持つ普通の魚とはまったく異なる視界、視点を持つに違いない。それでも、幼魚のうちに「普通の魚の視界、視点」も経験させておくところが絶妙である。

まあ、よく考えてみれば、無数の種類の動物の中で、顔の前面に両目が並んでいるヒトやサルやフクロウも、かわっているといえば、かなりかわった「目のつけどころ」なのであろう。

かわっている「目のつけどころ」といえば、なんといってもシュモクザメが驚異的である。

数年前、三保の「羽衣の松」のそばの海岸での地引網漁に参加させてもらったことがあるのだが、その時、体長一メートルほどのシュモクザメを目の前で見て、私は驚いた。それまでに、私は「シュモクザメ」を図鑑で見たことがあるし、「シュモク（撞木）」という意味も知っていたが、本物のシュモクザメを見るのは、その時が初めてだったのである。

シュモクザメの頭の形は、滑稽なほど風変わりで、まさに、その名「撞木」の通りである。いかにもサメらしい鋭い歯が獰猛そうな性格を象徴してはいるが、顔自体には愛嬌があり、とても可愛らしい。私はシュモクザメに一目惚れした。

シュモクザメの黒い、つぶらな目は四十センチメートルほどの横長の〝撞木頭（顔？）〟の両側についているのであるが、私はその目の位置を見て「そんな場所に目がついていたら、物を見るのに不便ではないのかなあ」と、多分要らぬであろう心配をした。例えば、その目と口の幾何学的位置関係を考えれば、自分が食べる物を食べる瞬間に見ることはできないと思われる。私自身の食習慣を考えると、食べる物の形や色、つまり外観は味覚に少なからずの影響を与えると思うのだが、シュモクザメはそういうことをあまり気にしないのであろうか。とにかく、シュモクザメの「目のつけどころ」は特異である。

われわれ人類を含むすべての動物にとって、行動したり、考えたりする上で、視点、視角というものは非常に重要だと思うので、特に長年研究生活を送った私は、ヒラメやカレイやシュモクザメの目の位置がとても気になるのである。あのような位置に両目を持つ彼らの視界、それに基づく思考は、われわれのように顔の正面に、数センチメートルの近距離に並んだ二つの目を持つ者のそれらとは相当違うのではないかと思う。

特に「均質社会」「結果の平等主義」の日本のような国で一般的社会生活をする上では、「みんな」と同じ常識的な視点を持つ方が無難なのかも知れないが、どんな分野であれ、本当に独創的なことをやろうと思えば、「みんな」と異なる視点を持たねばならないだろう。そのような「独創性」の第一歩は「目のつけどころ」の違いである。つまり、「勝負」に勝とうと思ったら、まずは、競争相手と「目のつけどころ」が違わなければならないのである。

もちろん、「目のつけどころ」が違えばよい、というものではないが、他人と異なる「目のつけどころ」を持つことの重要性は、仕事や勝負などに関わることだけではなく、自分自身の人生、生き方、幸福観などにも広く当てはまることだろう。

とにかく「目のつけどころ」は大切である。

茶葉の場合は「芽のつけどころ」だろうか。

（「茶」十月号）

つまらぬ詐欺

松山《まつやま》巖《いわお》
（作家・評論家）

我が家はボロ屋である。四十年前に死んだ父親によれば、関東大震災で主屋が全焼したためにとりあえず建てたバラックという代物である。すでに八十余年は経っていて、しかも十二、三年前には雨漏りがひどかった。雨漏りについては処置をしたものの、雨水が流れ、溜ってしまった一、二階の床部分は少し膨れ、傾斜がついた。それでも、まあ、なんとか使えるとそのままにしていたのだが、昨年あらためて見れば、床は踏みつけると崩れそうなほど傷んでいた。その上、雨が流れた柱もボロボロになっていて驚いた。

なぜ、ここまで気がつかなかったのかといえば、理由は単純で、我が家は狭く、いたるところに本を積み重ねていたからである。崩れかけた床の上にも乱雑に本を積み上げていた。ほとんどの壁を本棚にし、階段脇にも本を置いた。それでも棚は足らず、風呂の浴槽にも本を並べた。のさばった本のために、床のカーペットは見えない状態であった。建築家の友人が我が家を眺め、お前の家は本仕上げだと笑った。

本の重量も災いしたのだろう、一部とはいえ床も柱も崩れかねないのだから笑ってもいられない。そこで床と柱を直すことにし、今年の春から本の引っ越しをはじめた。まず手当り次第に段ボール箱三十個ほどに本を詰め、家の前の路地脇に積んだ。そうしなければ本を片づけるスペースすらなかったからである。それから本格的に本の整理をはじめ、友人たちに助けられて、熱海に見つけた家に本を五回運んだ。それが終ってから床と柱の改修工事を知り合いの大工に依頼した。工事は二週間半ほどで済んだが、本の引っ越しと整理もあって熱海の家で一と月ほど暮らした。熱海の家について説明すると長くなるので、これは略すが、ともかく今年の酷暑の時期は東京の家を一と月近く留守にした。

改修工事が終り、家に戻るとじつに気持ちが良い。なにしろ踏み場がないほど積み重なっていた本がない。まったくないわけではないが、本棚は一本しかないから狭い家でもガランとし、広々とした感じがする。やはり家にはあまり物は置くべきではないと思ったのだが、それまで乱雑な部屋に暮らしてきたせいか、どこか落ち着かない。

二日後に別のことに気づいた。静か過ぎる。電話が少ない。留守にする以前は友人や仕事関係ばかりか、日に五、六本はなにかの勧誘の電話が掛かってきた。曰く、○○証券の者ですが、投資信託を。曰く、××名産の××を。曰く、霊園はいかがでしょうか。曰く、△△不動産の者ですが、格安物件のことで。なかには横文字を並べ、なにを売るのかわからないセールスもあった。ともかくも友人や仕事関係の電話はなくとも、商品を勧誘する電話は一日に数本は必ず掛かってきていた。煩しい、そう思っていたのだが、一と月家を留守にしたせいで、二日目の夜になっても一本も掛かってこない。聴えるのは虫の音ばかりである。

不意に、これが私のこれからの暮らしだという思いが、ガランとした静かな部屋に独り坐り込んでいた私に襲ってきた。孤独だというのではないが、これからは孤独を嚙みしめて生きるしかないという予感が湧いてきた。わかりきったことだ。しかしわかっていないことも多いに違いない。そう考えると、あの六十二歳の誕生日に届いた一枚の葉書は、私の将来への警告にも思えてきた。

七月十一日に届いた葉書を私はなん度か読み返した記憶がある。不可思議な文面であったから捨てずに取って置いた。

〈　民事訴訟最終告知書

平成19年7月6日

この度、ご通知致しましたのは、貴方の納付されていない消費料金について契約会社、運営会社から民事事件として、訴状の提出をされ、訴訟手続きが開始されている事をご通知致します。尚、裁判後の措置として裁判所による執行証書の交付のもと給料差し押さえ、及び動産物、不動産の差し押さえを裁判所執行官の立会いのもと強制的に履行させて頂きますのでご了承下さい。訴訟内容及び、訴訟取り下げ等のご相談に関しましては、受付時間内にて受け賜っておりますので局員までお問い合わせ下さい。

尚、書面での通達となりますのでプライバシー保護の為、ご本人様からご連絡頂きますようお願い申し上げます。

以上を持ちまして最終通告とさせて頂きます。

事件番号　平成19年（ト）第1号1231
訴訟取り下げ最終期日　平成19年7月12日

民事第1部　03—5333—×××
電話受付時間9：00〜18：00
（土・日・祝祭日は除く）

〒100—0011
東京都千代田区永田町1—3—5
法務局認定法人　民事訴訟通達管理事務局〉

正確にいえば、これら文章は横書きであり、強調すべき字句は大きく、また赤く印刷されている。電話番号はこの文面で最も重要なのだが、イタズラに掛ける者もいるかと思い、局番以外は伏せて筆写した。

この葉書には驚いたが、読み直せばわからない記述ばかりだ。消費料金とはなんだ。契約会社、運営会社とは。これまでなんの連絡もなく、訴訟手続きが開始され、いきなり最終告知書とは理不尽である。いろいろ怪しい。普通の五十円葉書を使用している。消印は七月十日の十八時から二十四時、しかもKOISHIKAWAとある。つまり、わざわざ最終期日の前日に届くように投函しているのだが、場所は住所の永田町から離れて小石川である。プライバシー保護の強調も変である。ここで私はこの葉書は詐欺だと思った。

その日は午後に用事があり、八時頃に帰宅した。一旦は無視したのだが、やはり気になる。熱海の家で使うために、いくらかの家電製品も買った。本を運ぶためにトラックを借りた。消費料金とはその手違いかとも思った。明日になったら、葉書の電話番号に掛けるかとも考えたが、数日前に新聞に挿み込まれていた区の広報紙に振り込め詐欺について記されていたのを思い出した。警察の生活安全課に連絡せよとあった。そこで九時過ぎになって広報紙を調べ、電話を掛けた。

私が説明する以前に係の人は、「民事訴訟最終告知書ですか、今日はそのことで五十件ほど電話が掛かってきて。ともかく電話をそこにしないで下さい。葉書は破り棄てて下さい」とイライラした調子で話した。成程、これが振り込め詐欺という奴かとあらためて得心したのだが、五十件もすでに電話があったと聞き、つまらないと思った。警察に連絡した自分も随分つまらないと思った。

詐欺とは甘い夢を語りかけ欲望を喚起させて騙す、盗みの手口ではなかったのか。この葉書にあるのは不安を掻き立てる脅しだけである。しかも大量に印刷して、騙される人間を待つだけとは、犯罪の堕落だ。私は大概の人がそうであるように、ユニークな詐欺事件を新聞などで知ると面白いと感心し笑うこともある。しかしこの葉書にはユーモアは少しもない。にもかかわらず警察に電話するとは、つまらぬことをした気になった。

しかしガランとし、電話の鳴らぬ部屋で再び葉書を眺めれば、この葉書は独居老人を選んで配送したのではないのかと思えてきた。犯罪者がそんなリストを手にすることもあるだろう。振り込め詐欺の被害者の多くは老人である。気づけば私にもその資格はある。ボロ屋のように改修はできない。

思いついて取って置いた葉書の番号に電話を掛けた。「この電話は現在使われておりません」と機械的な声が繰り返される。つまらんと電話を切り、私は葉書を破り棄てた。

（「文學界」十一月号）

男の証明

ゴルビー長田《おさだ》
（「随筆春秋」同人）

長年掛けてきた簡易保険が、満期になった。家から近いので、いつも利用している駅前の郵便局に、家内と二人で受け取りに行った。すると、カウンターの新人らしい女性が、

「何かお使いになるご予定がおありですか」

と丁寧に訊く。しぐさが初々《ういうい》しい。

「特にないわ。持ってると使っちゃうわね」

家内が、私の顔を見る。

私は、いつもケチケチピリピリの生活だ。こんな時くらいドバッと使いたいね、と言いたかったが、口から出せなかった。

「今は金利が安いですから、五年据え置きの年金に切り替えるのが有利ですよ」

その女性は熱心に勧める。年金の担当者で、契約の獲得が自分の成績になるらしい。

「どうする？」

家内は亭主を立てて一応は訊いた。だが、内心はすでに、彼女の成績向上に一役買うつもりで

いるようだ。

大蔵大臣の采配に口を挟むことは、相当な勇気がいる。私は黙っていた。

「じゃ、その年金にして」

沈黙は了解であるとばかりに、家内は、彼女にいい顔をして、勧誘を快く受け入れた。

「ありがとうございます」

彼女が、嬉しそうな顔をして礼をいう。感謝されたこちらも、いい気分になった。


——長かった五年が過ぎて、ようやく年金が満期になった。とはいえ、手続きをしないと振り込んでもらえない。郵便局へ行くことにした。しかし加入したときの彼女は、転勤したので居ない。家内が、

「駅前の郵便局は混んでいるわよ。どうせなら、入った時の、あの娘《こ》のいる郵便局のほうがいいでしょう」

と主張するので、十五分も歩いて彼女の転勤先の局を訪ねた。

ところが、加入した時の彼女とカウンターでやり合っていた家内が、待合席に座っている私のところに来て、カッカしながらいう。

「男の証明だって！」

「……？　誰の？　どういう証明？」

「あんたが正真正銘の男だということの証明よ」

「えっ！　まさか俺が、これだっていうんじゃないだろうな」

右手の甲を左の頬に当てて、首をかしげて見せる。

「そうは言わないわよ」

「だったら何だ。俺が男だってことは、お前が一番よく知っているだろう」

「知っているわよ。でも、私が言ってもダメなんだって」

「子供を二人も創ったってことも言ってやったのか」

「とにかく、男の証明がなければ、年金振り込みの手続きはできないっていうのよ」

家内にすれば、加入させる時に、彼女があんなにいい笑顔をしたのだから、満期になった今回も、きっと心地よいお礼の言葉が聞かれるにちがいない。そう思えばこそ、わざわざ遠くまで歩いてきたのだ。それなのに、いざ支払いとなると、同じ人間から、〝あなたの亭主は本当に男なのか？〟なんてニュアンスの台詞を浴びたのだから、カッカするのも無理はない。

家内とやりあっていても埒《らち》が明かないので、二人でカウンターへ行き、免許証を出した。

「金融機関の身元確認は、どこでもこれでＯＫですよ」

「運転免許証は、性別が書いてないんです」

「ええっ……」

びっくり仰天。改めて眺めると、確かに男とも女とも書いていない。初めて気が付いた。

「だったら、実物見てもらおうか」

と迫ったが、彼女は涼しい顔をしている。

五年の歳月は、初々しかった乙女を、強《したた》かなキャリア・ウーマンに変えていた。

さあて困った……。頭を抱えていると、家内が、はったと膝を打った。

「健康保険なら書いてあるわ、きっと」

バッグから国民健康保険証を出した。

「保険証は、現在の性別は証明できますが、毎年更新されますから、過去も同じだったかどうかは確認できないんです」

と言って、彼女は受け付けない。

トラブルに気が付いたのか、上司が来た。

「申し訳ありません」

まず、下手に出た。そして事情を説明する。

「カルーセル麻紀の戸籍が、男から女に換わったんですよ。それで、平成十六年七月十五日以前の性別を確認しろと、お達しが出たという訳です。男と女では平均寿命が違うので、掛け金に差がありますからネ。古いパスポートがあれば、一番いいんですけど」

「それを早く言って下さいよ」

「それが……そのう、プライバシーなんていう厄介な問題があって、ですネ……」

胡麻塩頭《ごましおあたま》を掻き掻き言い訳をする。

「パスポートなら有るわ。ハワイに行ったときのが。あなた持ってきて」

大蔵大臣の命令には逆らえないので、炎天下をはるばる小走りに、家まで取りに帰った。

急いで戻ると、もう手続きは、パスポートの確認だけになっている、と家内がいう。

「えっ、振り込み先の通帳……」

あわてて、自分の通帳を出そうとした。

「いいの！　私の通帳に、振り込む手続きが済んでいるから」

と言って、家内は涼しい顔をしている。

それにしても〝男の証明〟などという問題が起こるのは、これまで声を出せなかった、肉体と心の性が一致しない苦しみを持つ性同一性障害者にも、カルーセル麻紀の件がきっかけで、ようやく日が差すようになったということだろう。私は知らなかったので漫才のような問答になったが、これからは徐々に、社会に浸透してゆくのではないだろうか。


注＝性同一性障害者の性別の取り扱いに関する法律。平成十六年七月十五日施行。

（「随筆春秋」第二十八号）

思い出の一冊、いや、三分の二冊

小《お》田《だ》島《しま》雄《ゆう》志《し》
（東京大学名誉教授）

ぼくがまがりなりにも翻訳家として第一歩を踏み出した、と自認したのは、多くの人の手を借りながらではあるが、初めて本の印税をちょうだいしたときだった。その本は、J・H・ローソン著、小田島雄志・岩崎昶《あきら》訳『劇作とシナリオ創作——その理論と方法——』（岩波書店、一九五八年、一〇〇〇円）。

ぼくはその前に一冊、小さな翻訳書を出してはいた。C・D・ルイス詩集『ナバラ』（国文社、一九五六年、二〇〇円）。だがそれはまだ学部の学生だったときにやった仕事であり、詩の同人誌仲間とシリーズで出す計画だったのにほかの連中がいつまでたっても訳稿を提出しなかったため、修士課程を終えたころやっと活字になったこともあって（その上、三百部限定、八十部訳者買い取り、とあとで聞いて愕然としたのだが、当然印税をちょうだいするどころかたいへんな持ち出しになったので）、翻訳家でござい、といった顔をする気にはなれなかった。

博士課程には学力不足で進めなかったので、国学院大学に講師として就職させていただき、改めて腰をすえて演劇の勉強をしよう、と思い定めたころ、突然岩波書店のFさんが訪ねてきた。

「こういう本がありましてね――（ウワー、ぶ厚い洋書だな）――この後半の映画に関する部分はすでに岩崎昶さんが訳して映画雑誌に連載されているのですが、前半の演劇の部分を訳していただけないでしょうか、合わせて一冊の本にしたいと思っているのです」

手にとるとずしりときた重さは、題名を見てそのいかめしさにさらに重さを増した。"John Howard Lawson: *Theory and Technique of Playwriting and Screenwriting*, 1949" そして真っ白になった頭には、ページをパラパラとめくってみても、文字一つ跡をとどめず、未知の人名・書名が肩を怒らせてひしめきあっているように思われた。ぼくはおそるおそる答えた。

「あの……ぼくはまだ演劇の勉強を始めたばかりで――（嘘だ！　始めようと思ったところ、が正しい）――知らない劇作家や劇作品がところどころに――（ゾロゾロだろう）――出てきそうな気がしますが……」

「それは編集部のほうで調べられるかぎり調べてお手伝いしますよ」

「そういうことなら……」

とぼくは、まるっきり自信がないまま、引き受けてしまった。すると追い討ちがきた。

「実は岩崎先生から矢のさいそくがきてましてね。なにしろ最初、木下順二さんにお願いしたら、半年たって自分にはできそうもないとことわってこられ、木下さんのすいせんで小津次郎さんにお願いしたら、やはり半年後にできないとことわられたのです。だから岩崎先生を一年間待たせているので、できたら半年ぐらいで訳してほしいのですが」

ちょっと待ってよ、とぼくはたじろいだ。英文科の大先輩で日本一の劇作家、とあこがれていた人と、教養学部で直接教えていただいて日本一のシェイクスピア学者、と敬愛していた人が、できない、と投げ出したものを、ぼくのような若僧にやれるわけがない！　だがFさんは明るい声で続けた。

「小津さんに、どなたか紹介してください、と言ったら、小田島君ならできるだろう、とおっしゃいましてね。たまたま私、小田島さんの訳された『ナバラ』を拝見していたので、この人なら、と思いまして……」

三百部限定、八十部買い取り、残り二百二十部のうちの一冊を読んでくださった、とまで言われると、大手搦《から》め手から逃げ道を断たれた思いだった。

まるで登山靴もピッケルもなしに手ぶらでアルプスに挑むような無謀さ、と自覚しつつ翻訳にとりかかったのだが、始めてみるとすぐに、それがどんなにありがたい仕事であるか実感された。それはぼくが演劇の勉強を始めようと思い定めた瞬間に、それならこれを読むといいよ、と演劇の神様が与えてくださったテキストだったのである。まず、ギリシア以来イプセンにいたるまでの演劇思想の歴史、それから二十世紀になってからの演劇の技法、さらに劇的なるものとはなにか、演劇はどのように構成されているか、演劇のおもしろさはどこにあるか、等々、ぼくが知りたいと思っていたものを一つ一つ具体的な例をあげて、説得力をもって説明してくれているのである。ぼくは、演劇についての基礎的な知識をたたきこまれると同時に、その魅力の源泉にふれることができた。半年かかって四百字詰八百九十数枚を訳了するのは、非力なぼくにはたいへんな努力を要したことはたしかだが、それはうれしい苦労だったし、それによって十二分に恩恵を受けた、と思っている。たとえば――

恩恵その一。演劇の中核にあるのは「アクション」であることを徹底的に教えこまれた。英語でいうアクションは、日本語でアクション映画とかアクションスターとかいうときよりも幅広い意味をもつ。チャンバラや格闘技などをふくめて、舞台上のあらゆる動きをいうのである。そのいちばん大きな動きは、ドラマが始まってから終わるまでの動き、『ロミオとジュリエット』でいえば、二人が出会って、恋をして、引き離されて、自死するまでの展開、つまり、プロットとかさなるが、それを動きとしてとらえるときアクションというのである。そしてロースンは、アクション（劇的行為）とアクティヴィティ（一般的行動）を区別し、アクションの効果は人間のなすことにあるのではなく、人間のなすことの意味にある、という。だからハムレットの独白は、からだは動かさなくても、アクションなのである。また、ロースンがいちばん嫌うのは「偽《フオールス》のアクション」、つまり恋愛とか喧嘩とかなにか起こりそうだ、と予感させておいて結局なにも起こらなかった、という場合である。そしてぼくは、シェイクスピアを好きになったのはアクションが満ちあふれているせいだ、と悟ったのである。

恩恵その二。この本が出版されたのは、ぼくが四月に結婚した年の九月。六畳一間のアパートを借りて、国学院大学の給与が手取りで一万八千円ほどで、新妻に毎月二万二千円渡してこれでなんとかしてくれと言い渡して、自分の小遣い（交通費、食費から、書籍費もふくまれる）も考えると最低七、八千円はバイトで稼ぐ必要があったときである。たとえば火曜日の時間割は、八時半～十二時予備校、一時～四時半芝浦工大、六時～九時理科大、と非常勤講師がおもなバイトの口だったし、腕に自信のパチンコでコーンビーフや鯨肉の大和煮の缶詰を市価の半額で妻に渡したのがおもな蛋白源だった。この本の印税がどんなにありがたかったか、推察していただけるだろう。

恩恵その三。最後にして最大の恩恵は、この仕事を引き受けたために岩崎昶さんと親しくおつきあいできた、ということがある。岩崎さんは一九〇三年のお生まれ、日本映画の青春期を文字どおり築き上げたかたであることは、名著『映画が若かったとき』(平凡社、一九八〇年)を読めば鮮かに浮かび上がってくる。その闘士としての面影は頬の傷痕にうかがわれたが、ぼくがお会いしたときはまったく温厚なジェントルマンであった。そして世間知らずのぼくには、映画のことでいろいろ教えていただいただけでなく、生きていく上でのさまざまなマナーのお手本となった。その一つに、本を出したとき編集者を招んでごちそうする会を開く、ということがあった。このときは新橋の中華料理店にFさんを招んだ。そして、訳した分量により印税はぼくが三分の二、岩崎さんが三分の一だったのに、その夜の小宴の支払いは二人で折半、ということにして岩崎さんは譲ろうとしなかった。その会を、Fさんはひじょうに喜んでくれたし、気がつくとぼく自身も編集者のご苦労に感謝できて、ひじょうにうれしい思いをしたのである。その後、ぼくは本を出すたびにささやかな感謝の宴を張っている。

ここまで書いてきて、小さなエピソードを思い出した。そのときは、こいつめ!と思ったが、いまはなつかしい思い出である。『劇作とシナリオ創作』は、意外なほど版をかさね、読んでくれた人も多かったが……

その一人に、大河内豪がいた。彼は若くして東京宝塚劇場の支配人になり、「ベルばらの仕掛人」と呼ばれたこともあった。根っからの芝居好きであり、毎晩のように飲みながら芝居談義に熱中していた。ある夜、なにがきっかけだったか、「ぼくは、『劇作とシナリオ創作』を読んだおかげで、卒論を書くことができたんですよ」と言い出した。ぼくより四歳若い彼は、京大劇研で大島渚たちと芝居をやっていたことは聞いていたが、あの本を読んでいたとは知らなかった。彼はことばを続けた——

「そのとき、小田島さんって名前を初めて知って、岩崎昶さんと同年代の人だろうな、と想像していました——（とんでもない、岩崎さんはぼくより二十七歳年上、父親といってもいい人と仰ぎ見る感じだったし、なによりもあの本が出るまでに映画史に残る数々の業績をあげた人と、『ナバラ』一冊の青二才と、並べるだけでも失礼だ）——そして、初めてお会いしたのは、四谷の「F」でしたっけ——（そう、スナック「F」で演劇人やジャーナリストがたむろしていて、毎日のように飲んだ時期もあったなあ）——だれかに紹介されて、あ、あの小田島さんだ、と思って——（あ、ぼくの薄い頭髪に目をやったな）——やっぱり想像していたとおり、岩崎さんと同年輩だった、と——（こいつめ！）」

（「學鐙」秋号）

うぶだしや

磯《いそ》田《だ》道《みち》史《ふみ》
（日本史研究者）

幽霊というものが、この世にいるのかどうかは知らない。ただ怪異なことはある。こんな話をするのは、気が引けるのだが、その女の供養になると思って、書くことにする。

私はなかなか結婚できなかった。本人に、その気がないのなら話はわかるが、心底、結婚を願っているのに縁がなかった。あまりに不縁なものだから、義弟などはたいそう気味悪がって、

「義兄《おにい》さんは、のろわれている……」

と、眉をひそめた。心当たりがあった。私の部屋の戸棚の奥に、けっして開けない箱がひとつしまってあった。その箱のなかみのせいで、自分は結婚できないのではないかと思い込んでいた。

こみ入った話なので説明が要る。箱のなかみに出会ったのは、ずっと前のことである。その骨董屋は、南青山のはずれにあった。ファッション・ブティックが建ちならぶ、きらびやかな通りではなく、青山墓地のはずれから、伸びてきた道がくねくね曲がって、いっそう寂しくなったところに、店をかまえていた。

骨董屋にもいろいろあって、その店がやっていたのは「うぶだし屋」という稼業である。一言

でいえば、骨董品の買い取り業者で、毎朝、新聞の死亡欄を丹念にみては、死人の遺品を買い出しにいく。うぶだし屋の主人はもう初老で、がたいが大きく、いかついが、とても気持ちのよい男であった。そして、ときどき妙に哲学的なことをいった。

「人間、死んでしまっては、なにもできません。いくら宝物をあつめたって、なに一つ、あの世へは持っていけやしない……。ですがね。先生。あたしは、お客さんのうちへいって、遺品の山をみると、死んだ人が、どういう人生をおくったか考えるんですよ。それを想像するのが、いつも面白くてね。たとえばね。あそこに杖があるでしょう。鼈甲《べっこう》の杖、紫檀《したん》の杖、自分で削った手製の杖。杖をみたって、遺品の主《ぬし》が、どんな男だったかわかるじゃありませんか。蔵書なんかみりゃあ、何を考えていた男かすぐわかる。そりゃあ、おそろしいもんですよ。遺品ってのは……。あたしはね。なんでも買い出してくるんです。入れ歯だって、ずいぶん買ってきたもんですよ」

そんなことをいって、うぶだし屋はニヤリと笑った。私は、この店が好きで、ときどき冷やかしにいった。面白い発見もあった。ある総理大臣秘書官の遺品から、海軍大臣・米内光政が丹念に写した写経をみつけ、ほかにあった米内の書を買って帰ったこともある。

そんなことで、私は、このうぶだし屋に足しげく通っていたのだが、ある日、店先に、見慣れぬ客がいた。いかにも、やり手の青年実業家といった男で、首に金属のネックレスを巻き、せっかちに店内を物色しはじめた。男は、そのうち、段ボール箱に詰めこまれた日本画をみつけた。その段ボール箱には、まだ表装されていない「まくり」状態の日本画がぎっしり詰めこまれていた。男は、それがすっかり気に入ったらしく、武骨な指を突っ込んで、バリバリめくって、絵を一通りながめ、うぶだし屋と何やら話している。値段の交渉をしているのであろう。私は黙って、それをながめていた。

そのとき、男のもっていた携帯が、けたたましく鳴った。急用らしい。男は店外に出ていった。うぶだし屋と、私だけがのこされた。私は男が買おうとした段ボール箱が気になりはじめた。なかをのぞいてみたくなって、あけてみた。なんとも不思議な絵であった。日本画といえば花鳥風月と相場がきまっているが、そんな絵ではない。奇妙なことに少女ばかりが描かれていた。それも大正時代の、山の手の育ちのよさそうな女学生であった。読書をしていたり、友だちと遊んでいたり、絵のなかで、大正の女学生たちが微笑んでいる。それが一箱、ぎっしり詰まっていた。私は、絹のような繊細な紙に描かれたその絵を、一枚、一枚、丁寧にめくってみた。めくるたびに可憐な少女があらわれた。私は恍惚とした。とうとう、たまらなくなって、うぶだし屋に尋ねた。

「大正の末か昭和初年でしょうか？　職業画家のものにはみえない」

「ええ。これは、乃木坂のお屋敷で買ってきたもんです。あそこのお嬢さんが描かれた絵だそうです。電話がかかってきて、遺品を買いにいったら、もうご当主は庭で焚き火をやってた。この箱も、火のわきに積んであって、いまにも焼こうとするから、もらってきちゃった。まあ素人の絵ですがね」

思いあたるふしがあった。数ヶ月前、うぶだし屋が、ものすごいものを買いだしてきたことがあった。うぶだし屋も興奮していて、

「こんな買い出しは滅多にあるもんじゃない。先生、ひとつみて、おくんなさい。この家、一体、何者でしょう。こんなものがあるなんて」

と、木製の札を一枚、私に手渡した。私は驚いた。木札には「御門鑑　宮内省」と焼き印で押してあった。皇居の御門の通行証である。戦前、皇居に自由に出入りできる華族か政府要人にのみ手渡されていたもので、こんなものを持っているのはただ者ではない。

「これは何処で買ってきました？」

と、あわててきくと、うぶだし屋は、

「いましがた乃木坂のお屋敷で買ってきた」

という。ほかに買ってきたものをみせてもらって、ようやく謎が解けた。明治・大正期の政治家の書簡がごっそりある。伊藤博文の手紙もあったし、「外務事務次官」吉田茂の転居ハガキまであった。それらを読んでみると、お屋敷の先々代は伊藤博文の友人であったらしい。伊藤の肝いりで、通信社を創業して社長におさまり、一時は報道界の王者にのしあがった男の遺品であった。これは貴重な資料である。私は、うぶだし屋にいって、ひとまとめに買い取らせてもらったことがあった。いまみている少女の絵は、その家の令嬢が描いた日本画であるという。

私は、背筋が寒くなった。というのも、その令嬢が薄幸の人であったのを知っていたからである。買い取った政治家の書簡を家に持ち帰って読んでいたら、近衛文麿のお悔やみ状が出てきた。令嬢の死をいたむものだった。ほかにもたくさんの政界の名士が弔辞をよせていた。令嬢は長く病床にあったという。肺を病んでいたのだろう、と、私は思った。友達が学校に通い、結婚していくなかで、令嬢は、ずっと病床にあって、死病にむきあっていたにちがいない。思えば、日本画に描かれているものは、彼女が送ることのできなかった女の幸せな日常ばかりであった。彼女は、死にゆくなかで、絵筆をとり、現実には、自分が送ることのできない憧れの生活を描きつづけていた。そのせいか彼女の残した日本画はどこか異様な気配がただよっていた。日本画は通信添削で習っていたのか、絵の裏に、師匠の画評が書き込まれていた。彼女の遺品のなかに「磨かずば　玉も鏡も　なにかせむ　学びの道も　かくこそありけれ」と書かれた額があった。昭憲皇太后の御歌であった。私が、それをながめていると、うぶだし屋が、そっといった。

「さっきの社長さん、台湾あたりで飲み屋をやるっていうんだ。赤ちょうちんってやつ。内装を手がけてる人だから。この日本画も壁紙にするって……」

私はたまらなくなった。壁紙にされてしまっては、彼女が世の中に残した、たったひとつの痕跡が消えてしまう。

「これ！　もう売ったんですか？　一枚だけでいいですから、ぼくに売ってください！」

「ようござんす。まだ商売になっちゃいない。一番、いいのをひとつ選んでおくんなさい」

うぶだし屋は、大きくうなずいた。うれしそうであった。私は、髪をたばねた少女が着物にエプロン姿で立ち、カフェで給仕をしている絵を一枚えらんだ。お代は二千円。このうぶだし屋はただ同然で品物をゆずるときは二千円ときめていて、だまって指を二本たてる癖がある。

私はその絵を大切にした。箱にいれて、しまっておき、ときどき取り出しては、うっとりとながめた。画中の女は、美しいというより、どこか寂しげであった。

だが、あるとき、ほかの骨董屋に、こんなことがあったと、右のいきさつを話したら、その骨董屋の顔色が変わった。

「先生、そういう御品《おしな》はいけません。それは死人《しびと》の念のこもった御品です。悪いことは申しません。御縁が遠くなりますから、ご供養のうえご処分なさい」

たしかに、それからというもの、私はいくら結婚したいと思っても、まったく、縁がなかった。

（やはり、あの女の絵のせいではなかろうか……）

と思ったが、どうにも絵を捨てられない。捨てられない、捨てられない、と、こだわるほど、悪いことが起きそうな予感がした。

ところが、しばらくして、信じられないことが起きた。ある妙齢の女性から花見の誘いをうけた。顔は知っていたが、それほど親しいわけではない。なのに突然、電話がかかってきて、「青山墓地の桜が綺麗だから二人で見にいきませんか？」という。こういうことはまるでなかったから、素直に、誘いにのって、いくことにした。桜は美しかった。墓地に眠る人の命を吸っているから、美しいのだろうと思った。私は、はずかしいから地面をみて、女性のうしろを、とぼとぼついて歩いた。私は女性の顔をちらりとみた。青白い気品のある横顔であった。体が弱いのか、のどくびを覆い隠す洋服を着ている。しばらく墓地をみてまわったところで、女性がいった。

「桜、きれいね」

そのとき、私は背後になにか気配のようなものを感じた。目をあげると、そこには、信じられないものがあった。あの日本画をかいた乃木坂の令嬢の墓石であった。「享年二十七歳、昭和九悪くなって、それっきり、その花見の女性とは会わなくなった。

年没」と刻まれていた。地の底から、女が、じっと、こちらをみているような気がした。気味が

二十七歳で死んだ女の絵は、いまも私のもとにある。

（「文學界」七月号）

介錯人の末裔

近《こん》藤《どう》　健《けん》
（北日本石油㈱従業員）

メラ爺は、亡き祖母の弟、つまり私の大叔父である。姓が米良なので、いつしかメラ爺と呼ぶようになった。爺は北海道の小さな町役場を定年退職してから、山の監視員などをして悠々と暮らしていた。

私が実家にいたころ、爺はいつも突然やってきた。

「オイ！　キョーコ、小樽の姉に会ってきたどォ」

ドタドタと入ってきてソファーに座るなり、

「いやー、たまげだ。すっかりババアだァー」

「なーに、自分だっていいジジイだべさ……」

といいながら台所から出てきた母を無視して、

「そうだなァー、最後に会ったのは……満州事変の三、四年後だったがなァ。ざっと四十年つうどごだな」

長姉は明治生まれで、爺とは十九も歳が離れていた。

私が結婚してからは、家族で帰省すると、毎日爺が顔を出す。

「——なにーッ、おめだち釣りもしたごどねえのが。たまげだもンだな、東京は」

さっそく近くの漁港へ出かけた。妻と小学生の娘には初めての海釣りだった。

しばらく糸を垂れていたが、時間帯が悪かったせいか、まるで釣れる気配がない。

「サガナは、港の周りを回遊してるがら、そのうち釣れる」

爺は断言した。八月下旬の北海道の岸壁は、少々肌寒さを感じる。気づくと爺の姿がなかった。心配して見回すと、反対側の岸壁をよじ登る爺の姿があった。

「エサ、まいてきたどオー」

下腹をさすりながら爺が戻ってきた。岸壁の外側には消波ブロックが積まれており、腹が冷えた爺はそこで用を足してきたのだ。その後、面白いほどチカが釣れ出し、妻の竿にはサバまでかかった。


現在、私の手元に、すっかり色褪せた新聞の切り抜きがある。「討ち入りの日、マチの話題に」という見出しで、五十代の爺が神妙な顔つきで巻物を読む姿がある。このメラ爺の祖先が、赤穂浪士事件にかかわっていた。

吉良邸討ち入り後、大石内蔵助以下十七名は、高輪の熊本藩邸にお預けになっていた。義士切腹の際、堀部弥兵衛の介錯を行ったのが米良市右衛門で、爺はその直系の子孫に当たる。

実はこの話、昭和三十年代に初めてわかったことだった。それまで、細川家にかかわる家系だということはわかっていた。その判明した経緯が興味深い。

昭和三十三年、私の曾祖母が亡くなった。続いて祖父が脳溢血で倒れ、その看病をしていた祖母がこれまた急死。爺にとっては、母親と姉を相次いで亡くしたことになる。たて続けの不幸に、これは何かあるに違いないと、神憑《かみがか》りの婆さんの神託を仰いだ。

お告げは、謎めいていた。

「獣を殺《あや》める者がいる。倒れている。それは壁にくっついている。だから悪いことが起きたのだ」

何とも要領を得ないお告げに、みな頭を抱え込んだ。家中探したが見当がつかない。そのうち、米良家に何年も開かれていない神棚があることに気がついた。

恐る恐る開けてみると、中から真白い雌雄のキツネの置き物が一対と古文書が出てきた。古文書には何が書いてあるのか、誰も読めない。当時、町内きっての碩学《せきがく》であった収入役に読んでもらって、右の一件が明らかになった。

米良家には、女は神棚に触ってはいけないという家訓があり、父親が亡くなってから数十年、神棚は閉ざされていた。爺は、役場に勤める傍ら狩猟を行う。神棚は壁にくっついており、中から出てきたキツネは雌が倒れていた。お告げが解けた。

それから毎年討ち入りが近づくたびに爺が引っ張り出され、地方のテレビに出演したり、新聞の取材があったり、爺はすっかり街のスターになってしまった。

父親の影響もあってか、爺は何かにつけ「……そこらの民、百姓とはわけがちがう」、「俺は九州男児だ」というのが口癖で、この一件以来その頻度が倍増した。

「あれ、シュッちゃん、生まれ、浦河だべさ。道産子でしょ」

母が混ぜ返すと、

「黙れ、無礼者！　細かいことはいうな」

父親が熊本なのだから、当然自分も九州男児なのである。だが、九州男児がいかなるものか、爺にもよくわからなかった。

そのころ、細川家直系の細川護熙氏が総理大臣になった。首相がニュースに出るたびに、テレビの前に平伏して「ハッ、ハーッ、トノー」とやっていたが、細川政権は残念ながら短命に終わった。

そんな爺も妻を亡くし、軽い脳梗塞を患ってからは、コケシのようにおとなしくなった。やむなく、札幌から迎えにきた息子に従い故郷を離れた。


平成十七年、私は偶然にも近世史家の佐藤誠氏の知遇を得た。佐藤氏は義士研究家である。さっそく私は、米良家に埋もれていた古文書を借り受け、佐藤氏に披見した。佐藤氏はこの文書を翻刻するとともに、系譜を作成してくれた。その家系図の十四代当主米良周策という文字に、電話口の爺は声を震わせ喜んだ。

その後、爺の伯父が神風連《じんぷうれん》の乱（明治九年に熊本で起こった不平士族の反乱）で自刃し、翌年さらにその叔父が西南戦争で戦死した後、爺の父親が屯田兵として北海道に渡ったという経緯がわかった。爺の父親は慶応生まれで、爺は五十九歳のときの子だった。

そんな佐藤氏から、今年（平成十九年）になって思いもかけない誘いを受けた。堀部安兵衛のご子孫にお引き合わせしましょうというのだ。安兵衛は弥兵衛の子で、親子で討ち入りに参加している。

私は約束の一時間以上も前から、ホテルのロビーで落ち着かない時間を過ごしていた。「すべてオマエに任せだ。よろしく頼む」と爺は暢気なものである。

会ってまず、なんと挨拶したらよいものか。十年、二十年ぶりの再会ならまだしも、三百年ぶりの対面である。しかも、首を刎ねた相手との再会と思うと複雑な気持ちになる。

「元禄十六年の切腹の節は、御役目とはいえ貴殿の父上の首を刎ね……どうもすいませんでした……」

何やらおかしい。かといって「父君は、見事な最期でありました」と適当なことをいうわけにもいかない。

そうしている間に、佐藤氏がにこやかに現れた。紹介されたのは、目の前のソファーにいた初老の男性だった。かなり前からこの男性の存在には気づいていたが、この人ではないと安心していたのだ。安兵衛の武勇伝もあってか、私は三、四十代のガッチリとした人を想像していた。不意打ちを食らった私は、

「あッ、どうもその節は、あの、お役目とはいえ、どうも……」

何日も思い悩んだ米良家名代の口上は、通夜のお悔やみとなった。

「いえ、いえ、こちらこそ大変お世話になりました」

と満面の笑みでいわれたときには、救われる思いがした。現代の安兵衛殿は、博学多才で上品な人であった。

その後、しばらく歓談したのだが、その間も何となく落ち着かない。この目の前の人から、よろしくお願い申しますと首を差し出されたら、はたして今の私に斬れるだろうか、などという妄念が頭を掠《かす》めていたとき、

「……数年前、とうとう私もクビを斬られましてね」

といわれ、ギョッとした。何のことはない、定年退職の話だった。こちらもいつ何どき背後からバッサリとやられかねない身、うかうかとはしていられないサラリーマンであった。

ホテルが皇居に隣接していたこともあり、記念写真を撮りましょうと、佐藤氏は私たちを江戸城松の廊下跡に案内してくれた。

実は今回の対面、私の都合で二度も日程を変更していた。結局、二月四日の日曜日に落ち着いたのだが、この二月四日こそまさに三〇四年前の介錯の日だったのである。でき過ぎた偶然に、私たちは顔を見合わせた。

その夜、爺に電話した。

「オマエはいい仕事をした。何かしてやりたいが……オマエ、さっぱり遊びに来ねえな。どうなってんだ……」

話があらぬ方向へ進み始めた。

「オレももう八十四だ。そろそろ逝ぐどォ」

考えてみると、忙しさにかまけて爺にはもう十年近くも会っていない。近々参上仕《つかまつ》らねば、と改めて思ったのである。

（「随筆春秋」第二十八号）

記憶する体

朝《あさ》比《ひ》奈《な》あすか（作家）

そう頻繁に駅を利用するわけでない私は、まだ彼を二度しか見かけたことがない。
彼は、背中に飲料メーカーの大きなロゴが入った、てらてら光る素材の水色のジャンパーを着ている。キャップを深くかぶっているから髪型はわからない。肌はつや光りして見えるが、口元にだけ、三十を越えないと現れない弛《たる》んだ布地のような皺がある。片耳に銀のピアスをしている。駅ホームの自動販売機に缶飲料を補充して回るのが彼の仕事だ。担当の自動販売機を開けると、投入口に缶を次々落としてゆく。

初めて見かけたとき、缶が投入されるたびにガシャーンガシャーンと鳴る音が、まるでメトロノームのように一定なのが印象的だった。そこだけ早送りしているようにせわしい彼の動作に視線を引き寄せられながら、やって来た電車に私は乗った。もうちょっと見ていたかったな、と思った。

二度目。半年ほど間をあけて偶然また彼を見つけた。車輪が片側にだけ付いた斜めに傾けて引くタイプのカートに段ボール箱をのせて、ごろごろと音をたてながら歩いてきた。私は電車をやり過ごしてその仕事ぶりをもう一度見ようと決めた。

昼どきの、ホームがぽっかりと空《す》く時間帯だった。

彼は自動販売機を開き、同時に足元にカートを横たえた。そうすると段ボールの蓋がちょうど上を向いた。彼は蓋を開け、中から五、六本の缶を左腕とみぞおちの辺りで挟み込むように持ち上げるや、右手でひょいひょいと投入していった。ガシャーンガシャーンと、あの音がリズムよく響き出す。腕のなかの缶を投入し終えると同時に、彼はまた軽く腰をかがめ、そうすると段ボールの中の五、六本がその左腕へ、吸いつくように持ち上がる。それをまた息を呑むような速さで投入してゆく。ひたすら繰り返す。ガシャーンガシャーン……

自動販売機の内部には金属製の引き出しみたいな受け口がいくつもあるのだが、よく見ていると彼が、取り上げた缶を常に同じ受け口に入れるわけではなく、微妙に上下左右、異なる場所に投入していることに気づく。普通に考えれば売れた分だけ補充するわけだから、缶の種類によって入れる場所も数もちがうのだろう。が、たくさんの受け口を前に、彼が缶にいちいち目をやっている様子はない。というより、缶の種類の判別をどのタイミングでやっているのか分からないほどに、その動きは終始なめらかでテンポがいいのだ。段ボール箱から取り出し、持ち上げ、投入するや、また取り出し、持ち上げ、投入。

そんなはずはないのに、私は、この人は見てないんじゃないか、と思った。

何百回何千回と同じ作業を繰り返してきたに違いない肉体。その腕に、掌に、指先に、記憶のセンサーはびっちりとはりめぐらされ、自動販売機の前に立つやウィーンと音を立てるように稼動する。だから位置、角度、視線、動作、一分の無駄もないのではないだろうか。

なんか怖い、と思った。

無駄がないということは、隙もないわけで、それは厳しい姿なのだった。私は彼が作業に取りかかってから一通り終えるまでの数分間、自分も息をとめていたような気がした。

作業する体の動きに関心がいくのは、母親の影響もあるかもしれない。

私の母は洋裁師だ。三十年以上この仕事をしている。注文服を作るだけでなく生徒もとっているので、実家には今も、居間に仕切り壁をしてつくった教室兼アトリエがある。「JANOME」のプレートがついた金属製の工業用ミシンが五台据えられている。

私は服を縫う母のかたわらで育った。

子供の頃いつも、母がミシンを使うそのアトリエで宿題を済ませ本を読み、おやつをつまみながら、妹とお喋りをした。母は子供たちの様子を眺め、時おりお喋りに参加するのだが、その間も休むことなく生地をいじり、チャコペンで印をつけ、使い込まれた重たい洋裁鋏でしゃきしゃきと裁断していた。

母の洋裁用テーブルは、たとえば仕付け糸は彼女が右手をふっと上げたら指に触れるちょうどその位置まで垂れるよう天井から吊りおろされていたり、五十センチ定規は左手でさっと取り上げられるよう足元の籠に立てかけられていたりと、長年の経験を持ってカスタマイズしつくされている。自分専用のその空間で、母の手指はまるで呼吸するように自然に、繰り返された動線をたどりながら、黙々と服を縫い続けた。チャコペンや巻尺や鋏を、彼女はそれらを必要とするタイミングで必要な箇所にだけ的確に用い、ミシンに向かえばトットットッと一定のリズムで針が下りる。どのミシンも私より少し年上で、不具合が出るたび修理に修理を重ねて使い続けてきた。母と離れて暮らすようになってから、彼女を思い出すとき、声や表情より先に、あの流れるように無駄のない動きが浮かぶ。

「体が覚える」という言い方があるが、数え切れないほど反復された動作は、たしかに筋肉にこびりつくだろう。

記憶が染みついた体は、持ち主がどういう人かを言葉少なに、けれども正確に教えてくれるから、私はついつい見とれてしまう。ぱっと思いつくところでは、ファーストフード店のバイト長クラスの人の接客ぶり、部屋のうすい壁紙を縒《よ》れることなくぴたりと張り替えるクロス職人の作業、右手の親指で蓋を強く押さえつけながら涼しい顔でシェーカーを振る無口なバーテンダーの手つき、馴染んだ鍋釜で素早く料理する主婦の手捌きなど。そういう動きには、同じようにやっていても上手下手があって、上手な人の動きはやっぱり違うと思う。そこに至るまでの真摯《しんし》な日々が透けて見える。

そういえば、以前テレビでスーパーマーケットのレジ打ちコンテスト（正式には「チェッカーコンテスト」と呼ぶそうだ）の優勝者が腕前を披露していたが、その時もついつい画面の向こうに見入ってしまった。笑顔や料金の読み上げといった接客態度の清々しさはもちろんのこと、剝がれかけていたり縒れていたりするバーコードシールの商品を手にした瞬間、その指先は惑うことなく必要なだけの修正、シールを引き延ばすとか貼りなおすといったささやかなことであるが、それを瞬時にほどこしつつ丁度良い角度でスキャナーを通す。

こうした工夫を、おそらくは考えるより先に、彼女の指が成している。だから、どんな商品を手にしても、値段読み取りのリズムは変わらない。それで時給が何百円と変わるわけではないのだろうが、きっと、だらだらやるよりも一定のペースを崩さずにちゃきちゃきと籠を空けてゆくほうが彼女にとっても爽快なのだ。そして、そこに爽快さを見出せる人こそが、あるスペシャルな域にまで達せるのだとも思う。

駅で見かけた自動販売機スペシャリストもそうだった。あんなふうに息をつく間もないくらいの仕事ぶりではいかにもきつそうだと思うけれど、補充を終えた彼の顔に疲れは見えなかった。彼はポケットからコインを取り出すと、自分で補充して閉じた自動販売機に入れた。ガシャーンと例の音がして、今度は表の取り口に、缶飲料が落ちてくる。出てきた缶をポケットに入れ、ふたたびカートをごろごろ転がしながらエレベーターに向かう背中が、不意に振り向いた。

彼は、満タンになった自動販売機を見ていた。名残を惜しむとか成果を確認するといった柔らかな目つきではなく、「やっつけた」。そんな、戦闘を終えた後のような目をしていた。

（「文學界」三月号）

ラジオの日々

最相葉月《さいしょうはづき》
（ノンフィクションライター）

子どものころから、ラジオが好きだった。小学四年のとき、小さなトランジスタラジオから流れてきたビートルズの「All My Loving」を聴いて、二段ベッドの上から転げ落ちそうなほど興奮した。受験勉強をしていたときは「MBSヤングタウン」や「オールナイトニッポン」で夜更かしするのが常だった。

ラジオの良さはなんといってもトークのおもしろさ。テレビに出づっぱりで多忙なみのもんたがいまだにラジオの仕事を続けているのも、トークだけで勝負できる緊張感あるメディアだからだという。この仕事を始めてからたまにラジオに出させていただく機会があるが、これまで私が会った制作者やパーソナリティはみな、ラジオを心から愛している人たちばかりだった。新刊が出るたびに呼んでくださった文化放送の「吉田照美のやる気MANMAN!」、拙著『東京大学応援部物語』が出たときに神宮球場から同時中継をしてくださったTBSの「永六輔その新世界」など、どれも準備に余念がなく、たった十五分程度の出演にもかかわらずなんて丁寧に番組を作っておられるのだろうと感動を覚えた。

そんな私に、番組のパーソナリティをやらないかという話がきたのは昨秋のこと。正月元旦から三か月間、一人のゲストの話を月曜から木曜まで毎回十五分で聞くインタビュー・コーナーである。制作会社の意向で自由に作ることができ、ゲストの人選もディレクターと相談して決められるとあって引き受けた。ちょうど書き下ろしが一段落して気持ちに余裕ができたときで、ディレクターの誠実さと番組への思い入れの深さを知り、ぜひこの人と仕事をしてみたいと思ったのである。

英語中心のインターFM午後十一時台という聴取率が期待できない枠ではあったが、四十歳過ぎて新しい仕事に挑戦するのも悪くない。インタビューは私の本業でもありますからと、半ば余裕すら見せていた。

しかし、始めてみてから重大なことに気がついた。インタビューを仕事にしているのは確かだが、人に聞かせるインタビューというのはほとんどやったことがないのである。沈黙が流れても本の取材なら許されるが、ラジオでは御法度《ごはっと》だ。一回分を十五分以内に収めるという制約もある。録音番組だからあとで編集できるが、それでも一話の中に起伏を持たせなければならない。わかりやすくおもしろい物語には必ず起承転結があるものだが、同じ人が四日間出演するからといって、月火より水木のほうがおもしろくなるのも考えものだ。聴取者は毎晩聴くとは限らないため、月曜がおもしろくなければ火曜は聴かない。木曜の話は大スクープだと思っても、月曜から四日間引っ張り続けるのは至難の技なのだ。

そんなわけで時計とにらめっこしつつ手探りの三か月間、十二名のゲストをお招きした。初回は最相さんの友人がよいのでは、というディレクターのアドバイスもあって、スローフードを日本に紹介したノンフィクション作家の島村菜津さんに独自の農産物作りに取り組んでいる人たちの話を聞いた。全国で理科実験の出張授業を展開するベンチャー企業リバネスの丸幸弘さんにはバイオ教育が必要だと思う理由を、直木賞作家の三浦しをんさんには創作の裏話を、ロボットデザイナーの松井龍哉さんやサバイバル登山家の服部文祥さん、写真家の野町和嘉さんにも来ていただいた。一時間あると個性も徐々ににじみ出てくるもので、声だけだからなおさら印象はストレートに伝わったのではないだろうか。

番組を作りながら気づいたことだが、インタビュー相手とは直接打ち合わせをしないほうがいいようだ。前もって情報が頭に入っていると、番組で質問すべきことなのに、すでに質問し終えた気になってしまうためである。もちろんゲストの仕事の概要は把握していなければならないため、週刊誌の連載を書くのと変わらないほどの準備が必要だったが、収録自体はぶっつけ本番だった。永らく一人、部屋にこもって書く孤独な作業を続けていたため、複数の人間が携わる仕事は新鮮で、達成感も得られた。ただし、大きなアクシデントに見舞われたあの日を除いて……。

あれは、東京マラソンでプロ引退宣言をした有森裕子さんを招いたときのことだ。東京マラソンの感想や地雷撤去キャンペーンを掲げるアンコールワットマラソンを主宰されていること、国連人口基金親善大使としてアフリカでエイズや女性性器切除の実態を視察された体験など中身の濃い話をうかがい、噂に聞いたとおり自分の言葉をもつすばらしい女性だと感動を覚えつつ、「ありがとうございました」と締めの挨拶をした直後、最悪の事態が発覚した。なんと、番組が録音できていなかったのである。このときはスタジオではなく、有森さんの事務所での収録だったため、スタッフはポータブルの録音機材を持ち込んでいた。テープが回っているなら目で確認できるが、デジタルレコーダーの場合は外から見てもよくわからない。デジタル機器の弊害か、ボタンひとつ押し間違えれば、せっかく録音されたものが一瞬にして消えてしまうこともある。原因は結局わからずじまいだったが、とにかく録音は失敗したのだった（私はいまだに取材でボイスレコーダーを使えない）。

スタッフも私も、真っ青である。平身低頭して詫びるスタッフ。どうしてレコーダーを二台用意していないのかと私は内心スタッフにブツブツと文句をいっていた。だが、そんな自分の小心ぶりが情けなく思えたのは、このあとの有森さんの行動を見たときだった。ミスがあったと知るや、さっと立ち上がってマネジャーを呼び、スケジュールを確認すると「今から一時間半後なら一時間ほど時間がとれますよ」というのである。つまりもう一度、収録のチャンスをくれるというのだ。なんということか。有森さんが観音様のように見えた瞬間だった。生放送なら莫大なペナルティが生ずるミスである。私がゲストなら、彼女のように寛容に瞬時に事態に臨むことができたか疑問だ。有森さんの誠意に、こちらも精一杯応えねばならない。同じ人に同じ質問を平然とする図太さも演技力もない私は、最初とは違う話題と質問を待ち時間のあいだに大急ぎで準備した。そうでなければ、相手も新鮮な気持ちで答えられるはずがない。どんなにインタビュー慣れした人だとしても、同じことばかり聞かれてはおもしろくないだろう。再録は無事終了したものの、冷や汗の吹き出す長い長い一日だった。

当初の契約どおり、番組は三月末で終了した。スポンサーの意向で、今後はポッドキャスティングに移行する。自分の好きな番組をインターネットからダウンロードして聴けるシステムだ。ポッドキャスティングは低迷するラジオ復活の鍵を握るともいわれ、携帯電話にラジオ番組をダウンロードして無料で聴けるサービスも始まっている。文化放送プロデューサー、清水克彦さんの『ラジオ記者、走る』にもあるように、ラジオはIT化によって「どこでも聴ける」から「いつでも聴ける」メディアへと進化しつつある。思いがけず流れてくるビートルズに興奮する子どもたちがいなくなるのはさみしい気がするが、耳を通して想像力を羽ばたかせることのできるラジオ文化は、これからも決してなくならないと私は思う。拙《つたな》いパーソナリティではあったが、古きよきラジオの時代の最後の最後に現場で仕事ができ、心から感謝している。

（「図書」十月号）

人肌を乞う。

柳家《やなぎや》小満《こま》ん
（落語家）

盃を止めよ紅葉の散ることよ　（高野素十）

このお酒は当然、お燗酒でなければならない。肌寒くなった頃のお燗酒には、言い知れぬ感興があり、それも歳と共に、思いが深まるようである。それには、季節感のお膳立ても必要と成ってくる。しかし、現行の太陽暦では、季節にそぐわぬ場合が多い。

菊の酒あたゝめくれしこゝろざし　（星野立子）

これなども、旧暦の九月九日でなければ、お燗酒には適さない。古来、重陽の節句日には、菊酒や菊枕で長寿を願うのだが、現在の暦では、花屋に菊はあっても、自然の季節感とは一月以上も違うはずである。

我々の演じる、落語でのお燗酒は、盃を持つ手つき、口つきで、お客様の飲み心を誘うようだが、あまり風流な場面はない。『鰻の幇間《たいこ》』では、夏の土用の日のお燗酒だ。

「へッ、大将のお酌で、いやァどうも、ご勿体ない、では、お言葉に甘えて……、ゥン、やれますなァ、いえ冷やはいけません、もう、どんなお暖ッかい内でも、やっぱりお燗をした方が……」

てな事を云って、いかにも旨そうに見えたのが、私の旧師・桂文楽の高座であった。

同じく桂文楽の『按摩の炬燵』は、冬、寒の内の噺である。幼い奉公人たちの足を温め、寝かせてやろうとの、番頭さんの計らいで、酒好きの按摩さんに、お酒を飲ませ、炬燵代わりに成ってもらおう、という趣向だ。

「へい、宜しゅうござんす、てまえは御酒を頂戴いたしますと、火のように成って、そりゃもう、上等の炬燵で……、おやッ、もうお燗がついて、この湯呑で、へい、頂戴いたします……、ああッ、よいご酒でござんすなァ、だいち、お燗が天晴れですなァ、お燗番はどなたで、松どんですか、ああ、このお燗の具合じゃァ、あなた、いける口だね、いえ、番頭さんの前ですが、お燗は難しゅうござんす、下戸の方に燗をして戴いちゃあ、往生ですなァ、煮え燗にしちゃいます、人肌てえくらいなもんで、人肌過ぎてもいけません、ごく贅沢な方になりますと、友燗なンてんで、酒で酒の燗をする、なンてえますが、このお燗の具合じゃあ、松どんあァた、いける口だよ、いやあ、そうでないッ、番頭さんが居るもんだから、隠してるんだよ、いいとこあるね、松どんも……」

これ又、上戸の飲み心を誘う噺である。

火美し酒美しやあたためむ　(山口青邨)

(「東京人」二月号)

鐘を撞いた人

片尾《かたお》幸子《さちこ》
（「旅と湯と風」会員・岡山県エッセイストクラブ会員）

なえし手に手を添へもらひわが鳴らす鐘はあしたの空にひびかふ

谷川秋夫さんは「水甕」という結社に所属する歌人である。

去年の秋のこと、友人に誘われて、国立ハンセン病療養所長島愛生園に谷川秋夫さんを訪ねた。

谷川さんは昼食から戻ってきて、待っていて下さった。きちんと整頓された部屋には、座机が二つ並び、一つの方にはラジカセが載っていた。谷川さんは柱を背にするように座り、柱の上には扇風機がまわっていた。

谷川さんは病気で目を冒され両眼とも見えないそうだ。初対面の私にはそうとも見えず、目はきちんと整ってきれいだったけれど。その上皮膚感覚も九割近く失われて、体温調節がうまくいかないそうだ。

国籍は天にありとの聖句の額掲げをりそのごと今日も歩まな
このわれの知覚のこるは全身の一割ほどにしてそこより汗噴く

舌先に探り義歯にてボタン押し講演テープコピーすわれは
夕焼けが美しと聞けば盲《めしい》われサッシ戸開けて西空仰ぐ
十日ほどの命なりせばわが庭の蟬よ尚なほ激しくぞ鳴け

(『国籍は天にあり』谷川秋夫歌集より)

両手の指も後遺症のため第二関節から内へ固く握られたまま開かない。手頸に引っ掛けられるように二つ折りにして紐を縫いつけてもらったタオルで、話の合間に口元を拭いておられる。話は次から次と溢れるように出てくる。とても記憶がよい。話が佳境に入ると、握った手であぐらの膝を叩いて語気に力がこもる。

お茶の代わりに缶入りのスポーツドリンクを出してくださった。そして、舌でテープレコーダーのボタンを探り、顎でプッシュする。訪問した私たちとの会話をテープに録音してくださるのだった。

冒頭の「なえし手に……」は、平成五年(一九九三)の「歌会始の儀」に入選した歌である。二万余首の詠進歌のうちの十首に選ばれたのだ。谷川さんの作歌歴は三十年を越え、毎年のように「歌会始の儀」の詠進歌に応募してきたのだそうだ。

その秋、思いもかけず宮内庁から入選の通知が届いた。看護婦さんに読んでもらい、自分で確かめた。壁に掛けている母親の写真に見せた。嬉しい！　身体が宙に浮くような気がした。

だが、その通知書には、当日の出欠を即刻電報で返事せよと指示されていた。彼は身体の障害がひどい。どんなに行きたくても、この身体で行くことは叶わない。あれこれ考えた末、宮内庁長官宛に手紙を書いた。出席の代わりに療養所の自室で、当日のラジオ放送に一生懸命耳を傾けますと。あちこちからお祝いの電話がくる。放送されるから是非聞いて下さいと伝えていた。

いよいよ当日の一月十四日が近付いた。がその前夜の十三日夜遅く、眠っているところへ宮内庁の担当者から電話がきた。欠席者の歌は朗詠しませんと伝えられた。

明けて当日、それでも、あれは何かの間違いでは……、と思った谷川さんは、ラジオの前にきちんと座った。報道関係者も来た。介護の女性が花を飾ってくれた。

「歌会始の儀」は皇居の正殿「松の間」で、天皇皇后両陛下臨席のもとに粛々と始まった。まず講師が歌を詠み、講頌と呼ばれる朗詠者が古式にのっとり節をつけて朗詠する。宮殿内は歌の響きに包まれた。入選歌の朗詠で始まり、最後に天皇の御製で終わった。——待ちに待った自分の歌はとうとう詠まれなかった。入選歌十首のうち、九首の歌は朗詠されたけれど……。何故？欠席とはいえど……。

悄然とする谷川さんの姿をNHKテレビが映し出した。

なんとお気の毒、酷いじゃないか、テレビを見た多くの人がそう思っただろう。

その一人、岡村久子さんという岡山市内の主婦の方は、すぐに車を走らせて、行ったこともなかった長島愛生園を訪ねた。手づくりのプディングを八十人分も作って。せめて皆さんでお祝いしてあげてくださいと。

お土産を置いて帰ろうとしたら、谷川さんに会っていきませんか、と言われた。会ってみると、さらに事情が分ってきた。

欠席者の歌も同じように朗詠してほしい。手助けなしでは寝返りも打てない重度身障者だって、命がけで作った歌を応募するかもしれない。それがたった一つの生きがいだったら……。そして入選したら……欠席を理由に晴の場からはずされてしまうのだろうか。

そう考えた岡村さんは、欠席者の歌も同じように晴の場で朗詠してもらいたい。どのようにお願いすればよいか。考えた挙げ句、天皇皇后両陛下宛に請願書を書こう、と決意したのだそうだ。

それから、図書館に通い、関係資料を集めて、ワープロでＡ４用紙十枚余の請願書を書き上げた。そして、書留速達で送る。だが、なんの音沙汰もない。もしかして、今年も出席できない合格者が出るかもしれない。彼女は年が変わってもひるまず、更に書き直した請願書の提出を試みた。別便の手紙や電話でも宮内庁へお願いをしたそうである。

そして二年後、熱心な訴えはついに効を奏し、彼女の請願書は陛下のお目にも留まるところとなったらしい。岡村さんに宮内庁長官より直々の電話があり、「今後は欠席者の歌も同様に朗詠されることに決まりました。喜んでください。民間の要請によって皇室の規則が変わるのは初めてのことです」と言われたそうである。

そのことは公表され、全国の新聞に掲載された。

私はこれらのことを岡山の山陽女子高校の図書館新聞で詳しく知った。世の中にはすごい人がおられると思った。社会の歪みには断固として立ち向かう一女性の闘志に感動し、せめて声でも聞いてみたいと思い、おそるおそる電話した。不在だった。ところが、着信の記録に入っていたと先方から電話を受けた。そして、初めての会話は電話で一時間を越えた。

その後の岡村さんは、朗読奉仕の会に入って勉強し、谷川さんの目や手の代わりになって始終お手伝いをしておられるそうだ。

これに関してもう一つの佳話がある。

その頃岡村さんから事情を聞いた岡山の山陽女子高校の放送部が声を上げげた。部員十二名が、真相をたずねて取材を始めた。長島愛生園に谷川秋夫さんを訪ね、宮内庁には電話インタビューをした。そして、『この短歌が空に響くまで』というラジオドキュメンタリー番組を完成させた。

それは手紙の形式で構成されている。

「拝啓、天皇陛下様、皇后陛下様」という呼びかけで始まる。ナレーターの若々しい声は、何の臆するところもなくのびのびとしている。欠席者谷川さんの歌が朗詠から外されたことへの抗議。谷川さんの心情を吐露し、「本人が朗詠するのでもないのに、欠席を理由に取り止めるのはおかしいと思いませんか」とやさしい調子で抗議している。

このルポのテープは第四十一回NHK杯全国高校放送コンテスト・ラジオ番組自由部門に応募され、全国優勝を勝ち取り、文部大臣賞に輝いた。

私はこのテープを何度も聞いた。

戦前の私の少女時代は、天皇は「現人神」であった。学校で校長先生の捧げる教育勅語が列の前を通る時すら、頭を上げることは許されなかった。

今、半世紀余を経て社会は成長した。女子高校生たちの活動は頼もしくも輝かしい。

それから十二年後の一昨年（二〇〇五）秋、岡山で国体があった。開会式に天皇、皇后両陛下が臨席され、その翌々日長島愛生園を訪問された。四百余名の入園者のうち二十六名が選ばれ、陛下の御言葉を受けた。谷川さんはその中にいた。

二十六名は半円形に並んで椅子に掛け、両陛下が両側から一人ずつに近づき、手を取っていたわりの言葉をかけられたそうだ。その時谷川さんは、入選歌「なえし手……」を両陛下の前で繰り返して詠み上げたそうである。谷川さんは、「あれで心が晴れた。万万歳だった」と述懐しておられた。

友人になった岡村さんに広い療養所内を案内していただいた。

船着場跡には、収容栈橋が残っていた。近くにレジャーボートが止まっていたが、かつて幾百幾千の患者が島に上陸した場所である。職員の船着き場はかっきりと離れていて、隔離が徹底していたことが想像される。

船から上陸すると、真っすぐに連れて行かれたという収容棟も残っていた。入口に「回春寮」という標札が掛かっており、戸を押して入ると、中はがらんとしていたが、入口にはかなり大きく深いコンクリート作りの浴槽があった。ここで、着てきた物を一切脱ぎ、クレゾールの消毒風呂に入れられたのだそうだ。持ち物は焼かれ、全員紺色の縞の着物を着せられ、園内の通用票を渡された。園の「入所者自治会」の資料によると、「社会との隔絶を覚悟させるには十分過ぎるほどの行為が行われた場所である」と。そして、姓名もすっかり変え、別人間として、生きることを強いられたのである。

当人はもとより、我が子を泣く泣く見送った父母や家族たちの思いも吸収しただろう島の自然は、今や空が澄み、鳥の声が聞こえて別世界のように静かだった。

私たちは入選歌の生まれた場所、「恵みの鐘」のある小高い丘に上った。「恵みの鐘」は昭和十年、開園五周年記念に西本願寺の仏教婦人会から寄贈されたもので、貞明皇后の「つれづれの友となりても慰めよ……」のお歌が刻まれている。現在のものは三代目で、初代は昭和十一年収容者の待遇改善を求める長島事件の折、ハンストをしてこの丘に座り込んだ多数の患者によって、三日三晩乱打され、間もなく割れてしまったそうだ。

以後、明六つ暮六つに患者によって撞かれていたが、今は高齢化した入所者に代わって機械が鐘を撞いているそうだ。

私たちは、先が溶けてしまった引き綱を引いて鐘を撞かせてもらった。長く尾をひく鐘の余韻が身内をふるわせ、虫明《むしあげ》の海を越え播磨灘へと流れていった。青かった海は夕日を受けて刻々色を変えてゆく。お椀を伏せたような小島の向こうに舟影が一つ、夕靄にまぎれて消えた。


（「旅と湯と風」VOL.一四三）

エドと吉原

髙《たか》橋《はし》 治《おさむ》
（作家）

昭和二五年春、本郷の東大キャンパスの正門からやや右に建っている文学部研究室の横腹に一台のジープが駐められていた。当時、大学の中に駐められている車など見たこともなかった。敷地総てがガラガラの空間という印象だったし、このジープはひどく目立った。

ところがどんな偶然か、この車の持主と覚しき男が、教室で私の隣りに座った。麻生磯次教授『おくのほそ道』の講義である。少し遅れ気味に部屋に入って来た男は、ブルーネットの髪を傾け、隣席から聞いた。

「今日は教科書のなんページですか」

イントネーションに文句をつければ、問題がないとはいえないが、上々の日本語である。横目でうかがっていると、文章の追い方、ページの繰り方に全く問題はない。この男は一体なに者かと考えた。やがてわかるが、これが日本にノーベル文学賞をもたらした川端康成著『雪国』を英訳したエドワード・ジョージ・サイデンステッカーとの出会いである。

親しくなって間もない頃、

「今日はアメリカ政府からの贈り物を持って来ました」

ニヤニヤしながら一冊の本を渡してくれた。そんな本があることは知らなかったが毎年のベスト・シナリオを集めた本であった。私はこの本であの名作『カサブランカ』を読んだ。

「本当に嬉しいが、どういう訳です、贈り物というのは」

「軍関係の図書館から盗んで来ました。シナリオなんて読む人が少ないんですから、先生のために役立たせた方が良いです」

盗んで来たといった時に見せた表情はなかなか複雑なものだった。この頃から、八歳年長のエドは私を〝先生〟としか呼ばなくなっていた。私がシナリオ集をテキストにしてエドから英語を習い、エドが私から落語を教材にして、江戸時代以降の口語を勉強し始めたからである。

しかし、自分の方は〝先生〟だったが、私はいつまでたっても〝先生〟にして貰えなかった。そして、その理由を聞くと、こんな答えが返って来るのだった。「東大に行くと、僕はなんの講座も持っていないのにみんなが寄ってたかって先生にしてくれます。ですから、一人くらい僕専用の先生を作っても良いでしょう」

エドは東大が嫌いだったらしい。二〇〇七年二月二二日号の週刊文春に、こんな箇所がある。

〝……東大は好きじゃなかったですね。「一流の大学生は僕だ」という態度で、威張っていて。アメリカ人ということで、意地悪されるというより無視されるのです。まったく話し相手がいないなか、髙橋さんは親切で、本当にいい友達となりました。彼は千葉県生まれで、夏は千葉の外房の海で過ごしたり、彼が映画好きだったので、一緒に映画を見に行ったり。彼がいるから「東大の学生はみんな嫌いだった」とは言い切れない……〟

彼の私を見る目が当っているかどうかは別にして、彼との五十年ほどの友情に充ちた年月が貴重なものであったことは間違いない。落語を教材にして江戸語、日本語を習うということは、いや応なしに吉原を勉強させられる結果になる。だから、よくこんな誘いを受けた。

「先生、吉原へ行きましょう」

側に誰がいようと、そんなことはお構いなしである。それでいて、自分の行動にはちゃんと計算が立っている。なん時頃に吉原名物の馬肉の鍋、いわゆる蹴飛ばし屋に行ってお銚子を四、五本並べれば、町は盛りにさしかかって、女性たちの気分も盛り上がっているか。

と、こう書いても、エドは女性を買うことにはとんと興味を示さない男だった。無論生涯独身を通した。そんな男が〝なぜ、吉原なのか?〟語り出せばきりがないことだが、真髄に触れる答えを用意するとすれば、人間への興味はこの上なく深いものだとでもいうか。

だから、エドにとって吉原が盛りになる時間は、やり手婆が多弁になる時間であり、女どもが陽気さを隠さなくなる時間だったのだ。エドはそんな時間の吉原が来るまで待っていて、人間と人間の触れ合いを求める。

その証拠に、エドは私の母の生家がある九十九里の片貝に出かけた時には、必ず訪ねる家があった。名物のいわしのゴマ漬けを作る家で、心遣い豊かな娘がいたが、海難で兄を二人亡くし、雇っていた漁師たちとは補償問題が起こった。そんなことで娘が吉原で働くことになった。それまで親しかった分、つき合い方にも困ったし、エドも一人で吉原に出かけるようになった。だが、吉原では有名なエドさんだから、私のもとにはいくらでも情報が入る。ひょっとしたらひょっとする、とまでは考えなかったが、人間には、心ならずのままの間違いもある。あれで数ヶ月だったか、エドは元のエドに戻った。

ふと考えることがある。エドが生前一冊は小説を書きたいといっていたことだし、とてもその筆には及ばないが『エドと吉原』という短篇でも書いてみようか……と。

（「文藝春秋」十一月号）

誰でも読む一冊の本について

加藤周一《かとうしゅういち》
（評論家）

徳川時代の日本には、原則として、初等教育の段階で、誰でもが少くともその部分を読む一冊の本があった。その内容がどの程度まで理解されたかは、教師および生徒の能力に応じて大いにちがったであろう。しかしとにかく人口のかなり多くの部分が、その本を読み、その数行を諳《そら》んじていた。『論語』のいわゆる「素読」。

同じような意味で「一冊の本」が読まれたばかりでなく、今読まれている社会もある。たとえばイスラーム圏での『コーラン』、宗教生活、法秩序、倫理的価値の体系などの背景にあったそのすべてを支えているのは『コーラン』の文言だといわれている。世界観と価値観の「背景」というよりも、それらすべての「基礎」または「中心」というべきかもしれない。『コーラン』の聖なる文言は変らないから、歴史的社会の多様性に対しては、強力な求心力として働くだろう。他方同じ文言の解釈は多様であり得るから、周知のように、イスラームの思想は広大な空間に展開する遠心力としても機能する。二つの力、外へ向う力と内へ向う力とは、つり合いながら、歴史的時間の軸に沿って発展するということになろう。

このような図式は、現代のキリスト教世界にそのままではあてはまらない。キリスト教の『聖書』を聖なる一冊の本とみなしてきた文化は、欧州では衰え、中南米で栄えている。しかし欧米でのキリスト教「信者」は（殊に都会で）激減しても、キリスト教「文化」は社会のあらゆる領域に深く浸透している。たとえば文学。英語の著作に——必ずしも文学作品に限らない——英文学のどういう作品からどういう文句がしばしば引用されているか。それは簡単に知ることができる。たとえば英国で刊行されている引用句辞典（Dictionary of Quotations）の索引を見れば、立ちどころに引用句がシェイクスピアと「聖書」に集中し、その他のすべての引用源をはるかにひき離していることがわかる。「この一冊」は必ずしも宗教的な信仰を背景としない。『聖書』の読者は、かつてはほとんどすべて信者であったろうが、現在ではすぐれた文学作品として読む人も少くないだろう。

『論語』が現代の中国で、『聖書』やシェイクスピアが現代の英国で果してきた役割を、日本ではどういう一冊、または二・三冊の本が果してきたのだろうか。誰もが読む本は何か、徳川時代の寺子屋の『論語』にはすでに触れた。その後、寺子屋が義務教育の小学校になり、『論語』は国定教科書に変ると、文化の求心力と持続性を保証する「一冊の本」は全く失われた。平安朝の末期に流行した「本歌取り」は本歌を誰でもが諳んじていることを前提として成りたつ。『犬筑波集』は『菟玖波集』を知る人の道楽であり、『にせ物語』は『伊勢物語』を熟知していた人々の冗談であった。原典がなければ、そのパロディーもあり得ない。果して明治以後『論語』の素読を廃した社会は、いわゆる漢文の読書力を世代の変る度に低下させたばかりでなく、また確実に蜀山人以来のユーモアの伝統をも次第に失うだろう。

誰でもが読む一冊の本の不在は一見些事のようにみえるが、実は文学的表現力の低下というような技術問題を越えて、もっと大きな問題と係っているのかもしれない。大きな問題とは何か。人間と人間との関係を秩序立てる倫理的価値の問題である。その背景としての——それは必ずしも因果関係とはいえないが——伝統的な宗教的基礎が敗戦後の日本にはなかった。仏教は徳川時代に制度化して、信念の体系としての活力を失った。家父長制と結びついていた儒教的価値観はほとんど消滅した。国家神道の時代も過ぎ去ったようにみえる。キリスト教徒の数はあまりに少い。要するに伝統的信念の体系で今なお強い影響力を保存するものはほとんどない。——それにもかかわらず日本社会の倫理的秩序（あるいはそれらしく見えるもの）が、今まで維持されてきたのは、集団志向性とその圧力が伝統的な信条体系（宗教）の代用（Ersatz）の役割を演じてきたからではなかろうか。市場の自由化と「グロバリゼイション」が集団志向性を揺さぶれば、倫理的秩序も揺れるだろう。「それが問題だ」と現代日本のハムレットは言うにちがいない。この問題を解くには時間がかかるから早く手をつけて早すぎることはないだろう。

（「一冊の本」五月号）

美女という災難

有《あり》馬《ま》稲《いね》子《こ》（女優）

文藝春秋の二月号「昭和の美女」という特集に私の若い頃の写真がでました。二十三歳ころでしょうか。私自身の記憶の中から消えていた写真で、あらまあ、あなた元気だったのと、もう一人の自分に再会したような、不思議な気分を味わいました。

きつい野性的なメークをしていてレンズを軽くにらみつけています。当時山のように撮られた私の写真は、優雅か、お嬢さんか、都会的かでしたから、これはかなり異色の一枚です。このにらみつけるような目をみて、どこで撮ったか思い出しました。

銀座の泰明小学校の前にあった早田雄二さんのスタジオ。当時の写真家にはふたつのタイプがあって、ひとつはきれいだよ、いいよ!! とのせながら撮る秋山庄太郎さんのようなタイプと、それとは正反対の挑発派ともいうべきタイプ。早田雄二さんはまさに後者の代表で、何だそんな顔、それでも女優か、どこを撮れというんだよと悪口雑言、ムカッとさせてパチリと撮るのが名人でした。この燃えるような目は、まさにその焚きつけられた怒りの表情に違いありません。

もうこの年になると臆面もなく言えますが、この頃の私は美女の代表のように言われていました。そんなしあわせなと思われるかも知れませんが、金持ち必ずしも幸せでないように、美女と呼ばれること必ずしも幸せではない。当時の私はこの美女というレッテルがいやでたまらなかったのです。というのも、美女というのは、オードリー・ヘップバーンであり、デボラ・カーのことである。そう固くきめこんでいて、そんな目がぱっちりした人と比べると鏡の中の自分は平凡な顔だちで美女でもなんでもない。「東京暮色」でご一緒させていただいた原節子さん、あのような顔こそが美女だと信じていたからです。有馬稲子を人名事典に書くとすると、この「思い込むと凝り固まって身動きとれなくなる」というのは、まず最初に書かなければなりません。

美女がいやだった理由のもうひとつは、自分の経歴へのコンプレックス、いまでこそタカラヅカというのは、その厳しい訓練で芸能界に素晴らしい人材を提供する難関と認知されていますが、昭和二十八年頃は、まだまだ評価は低く、ただ見目麗しいだけでスターになれる所と思われていた……というより自分でそう思い込んでいたのです。

さあ、そんな世界から演技のいろはも分らないまま、小津安二郎、内田吐夢、渋谷実など世界的な巨匠が居並ぶ世界に飛び込んだのです。今井正監督の「夜の鼓」では、名優の金子信雄さんを相手に「待って」というセリフを言うだけでNGの山を築き、一日百回も云わされてついに撮影を一週間も止める体たらく。その世界では美女とは演技ができない奴と同義語だったのです。こうして私の美女アレルギーはずっとついて回ることになりました。

美女という評価ではない別の評価を得るにはどうする――。演技力をつけ芝居のできる役者になるしかない。こうして何と向こう見ずにも民藝の宇野重吉さんの門を叩いて演技派を目指したのです。きっと日本の演劇の神様が、私を美女地獄から救って下さるとでも思ったのでしょう。仕事に限らず二度の結婚も含めて「思考は常に短絡し、向こう見ずで浅慮」これも私の人名事典の説明には不可欠でしょう。

それにしてもこの意外な写真との出会いはいろんな思いを運んでくれました。私がもし私でない顔を持っていたら、どんな人生を歩んだだろう。最近よくそう思います。

下田の海岸で夕暮れ、浜辺に車を停めて、テーブルを出してランプをつけ、海を見ながら食事をしているカップルを見ました。つつましやかな喰べもの飲みもの。二人は本当に自然で穏やかで満ち足りて見えました。その手応えのある幸せを共有している姿をみて、ああ、私にはこんな青春はなかったなとつくづく思いました。

私の一番美しかった時からしごかれ続けて五十年。少しは良い仕事もしたけれど、星の数ほどある選択肢の中で私はねじれてからまった一本を引いてしまったのかな、と思います。今迄私が出演した映画は七十本ばかり。今年いい出会いがあって、あと一本この記録を伸ばすことができそうです。題名は「夢のまにまに」。勿論美貌を買われて出演したわけでは決してありません。それが妙に嬉しくて、時々昔の映画を見ては……美女だったなあ……しかし下手だったなあ……しかし良い映画だ、などと思っています。

(「文藝春秋」五月号)

「バス停巡礼」の愉しみ

旅する男女脳

黒《くろ》川《かわ》伊《い》保《ほ》子《こ》
（脳科学者・感性アナリスト）

先日、仕事で新幹線に乗ったら、私以外の全員がツアー客だった。旅に出る人々は饒舌《じょうぜつ》だ。この事態だと、たいていはうるさくて、仕事も出来ないし、眠れもしない。東京から名古屋までの間に本一冊の校正を終える予定だった私は、心底落ち込んでしまった。

ところが新横浜を過ぎても、車内はし〜んと静まり返ったままである。不思議に思って顔をあげたら、なんと、すべての座席が60〜70代の夫婦で埋まっていたのだ。たまに夫が話しかけても、妻がさも興味なさそうに短く切り返すので話も弾まない。

おかげさまで、私の仕事はめちゃくちゃはかどった。

それにしても、なんて旅上手なご夫婦なのだろうと、私は感心してしまった。この年になったら、旅先でおしゃべりすればするほど、夫婦はすれ違う。必要最小限の会話で、ひっそり寄り添っていればいいのだ。女同士ほど楽しくないけど、一人でいるかのように気楽。なのに一人ほど心細くない。それが熟年夫婦の旅のよさである。

同乗した品のいいご夫婦約30組は、くっきりと姿を見せた富士山を「富士はいいねぇ」「ほんとねぇ」とおだやかに楽しみ、私が新幹線を降りるころ、互いに助け合いながら懐石弁当の蓋を開けていた。車内には、それなりに満ち足りた空気が漂っていた。

妻「さっきのあれ、やっぱりお土産に買おうかしら」
夫「あれって、なんだ？」
妻「入り口んとこの、赤いあれに決まってるじゃない」
夫「お前の話は要領を得ないな。さっぱりわからん」
妻「あんなに目立つもの、なんで見てないのよ（あ〜、いらいらする。この人、ほんっと、愚図なんだから）」

70代の夫婦旅の達人たちも、おそらく40〜50代には、そんな会話を経験してきたはずだ。同世代の女同士で旅をすると、目に入るものがほとんど一緒だし、気になることもほとんど一緒。なので「さっきのあれだけど……」「あ〜あれあれ、私も気になってたの」「もどろうか」「うん」という風に話が弾む。固有名詞などなくても、自在に文脈が紡《つむ》ぎだせる。

実は、男女の脳は、ものの見え方がまったく違う。男性脳は、生まれつき奥行き認識が得意で、遠くに興味が行くのである。男の赤ちゃんは這い這いでどこへでも突進するので危なくて往生するが、これは、遠くへ遠くへ興味がいく男性脳のせい。長じても、男性脳は、手前を見ることに散漫で、距離感の違うあらゆるものをちらちら見ている。

このため、お土産屋でも観光スポットでも、手前を舐《な》めるように見る女性脳とは、ほとんど違うものに目を留め、気をとられている。だから「あれ」が通じないし、思い出も微妙に食い違う。共感を欲する女性脳には、かなり苦痛な旅のパートナーなのだ。でもね、そういうものだと判ればあきらめもつく。あきらめてしまえば、意外に夫の視点も面白い。

妻は、女同士の旅の弾むような楽しさを夫に求めないことだ。「あなたは何が面白かった？」と夫に質問して、夫のものの見方を妻も楽しんでみる。

夫は、妻の「あれ」を論理的に追及しないこと。「あれ」がわからなくても、「そうか、気になるのか」「じゃ、もう一度、戻ろうよ」と言ってやればいいのである。夫婦の会話なんて、意味がわからなくても、気持ちに共感してやれば「通じる」ものなのだ。男性脳には辛いだろうけど、一度思い切って意味を離れてみると、夫婦の深みが見えてくる。

……そう考えると、夫婦旅の達人になるコツは、夫婦の達人になるコツなのかもしれない。

（「現代」八月号）

九十センチの歴史

石田《いしだ》トミ
（元短大教授）

「三十年も前の領収書なんてあるはずないでしょう！」

お昼のニュースを聞くためテレビをつけた途端に中年女性の尖った声が流れてきた。年金手帳に記載漏れがあって社会保険事務所に相談に来たのに、証明するものがないと断られた結果の、怒りの声だったらしい。

ふっと（私ならあるかもしれない）と、久しぶりに居間の物入れの扉を開けた。あった！ 昭和三十年からの家計簿が山のように積まれている。

三十年前といえば一九七七年、昭和五十二年のことだ。

早速取り出してみると、家計簿に給料明細書が月別に貼ってある。一月は二等級三十一号で給料月額二十七万二千五百四十八円だった。当然、共済長期掛金一万二千百五十六円、短期掛金七千七百五十六円がばっちり引かれていた。年金手帳に記入漏れがあっても大丈夫である。

捨てるのが美徳の現在、捨てられないで悩んでいる世代の私だが、今回ばかりは良い気持ちになれた。

家計簿との出会いは昭和二十九年八月、私たちが結婚したときである。結核闘病の十年の後、やっと社会に復帰したばかりの夫と、教員採用後僅か二年の私が結婚した。危なっかしい出発だった。

結婚式をあげる余裕などない私たちに、両方の友人たち二十人程が企画して、お祝いの会を開いてくれた。平服、手料理のささやかな会だったが、心の温かさが伝わる会だった。

帰り際に夫の友人が「いい奥さんになるには家計簿を付けなくちゃ」と言って、貯蓄増強委員会作成の昭和三十年度用の家計簿を下さった。

年が明けるのを待って早速、記帳し始めた。最初は毎日、毎週、毎月、それぞれ集計をしていたが中々計算が合わない、多忙で記入出来ないなどでいらいらするようになった。

そんな姿をみて夫が言ってくれた。

「気楽に出来ることだけやれば……」

それ以来都合の良い時だけ記帳した。そのため多忙な日には記入していないという欠点も出てきたが、余白にその日の出来事を書くことだけは続けた。年毎に仕事は多忙になり、領収書を貼るだけということになってしまったけれど。

結婚式の時頂いた家計簿の厚みを見ると僅か五ミリほどで、用紙は粗末な仙花紙。表紙はぼろぼろで変色している。三十九年からは婦人雑誌の付録を使い出した。年ごとに豪華になり、表紙はカラー印刷、紙質も上等になったし、厚さも一センチを超すようになった。

家計簿に最初に記入したのは昭和三十年元旦で、友人のお子さんへのお年玉三百円だった。二日はすき焼きだったらしく牛肉百五十円、葱、糸コン六十円、豆腐十円、蜜柑四十円などと書いてある。

ページをパラパラめくってゆくと、娘の誕生、結婚、孫の誕生、夫の仕事と俳句、私の仕事と病気などなど、我が家の歴史が鮮やかに蘇ってくる。

どれも大切な思い出なのだが、家の新築については、特に印象が深かった。無一物から出発した私たちが家を持てたことは嬉しかったが、それ以上に我が国に経済的な大変革が起き、私たちの家の新築にも大きな影響があったからである。

昭和四十五年に友人の紹介で宅地八十三坪を坪四万五千円で購入し、翌年の夏、建坪三十坪の二階建ての家を建てた。工務店に支払ったのは四百五十万円である。

預金だけでは到底間に合う金額ではなかったので、公立学校共済組合から二百二十万円、住宅金融公庫から七十七万円をお借りした。

毎月の返済額は二万三千五百六十三円。昭和四十五年の給料月額は六万八千円台だったので、夫の収入があるとはいえ、返済額は大変な額だった。

ところが我が家にとって思いがけない神風が吹いてきた。折からのいざなぎ景気で、物価は急騰し、それに従って給料が上昇していった。ある年は一気に三〇％も上がって、喜びよりも驚きの方が大きかった。

昭和四十八年には十二万五千円になり、四十五年と比較すると五万七千円も昇給したのである。それからも毎年確実にアップして、借金の返済は楽になった。給料の増加に伴い、期末手当なども高額になり、昭和五十五年には全額を一括して返済できた。

間もなくバブル期を迎え、坪四万五千円の土地は四十万円にもなった。だが、その景気は永続きせず、たちまち急落した。

今、目の前にある家計簿の山。領収書が貼ってあるので、積み上げると九十センチにもなる。私の余命は僅かだ。後に残る者のために、処分するのが賢明ということは分かっている。しかし、この五十冊の家計簿には家族の歴史がびっしり詰まっていて、私にとっては掛け替えのない宝物だ。

年金騒動のお陰で日の目をみたこの家計簿を暫くの間手元に置き、玉手箱を開けるような気持ちで、折にふれ楽しみたいと思っている。

（「文芸栃木」六十一号）

ダン爺の青春

やなせたかし
（漫画家・絵本作家）

戦後の混乱がようやく沈静しはじめた昭和二十年代後半、まだ敗戦の傷あとは残っていたが、日本は復興の活気にあふれていた。

漫画界も華やかで天才・鬼才が出現してマスコミの世界で大活躍。ぼくはなんとかそのはしっこみたいなところにもぐりこんだものの、その他大勢のひとりでパッとしませんでしたね。それでも当時飛ぶ鳥落す勢いだった漫画集団には入っていたので、いろんな華やかな場所にはなんとなく出席する機会があった。郷土の大先輩横山隆一先生の新年会は毎年鎌倉の横山邸で開催された。その華やかな宴会のまっさい中に突然ウォーという絶叫がひびきわたる。

ターザンの叫びではないが腹の底からしぼりだすような奇怪な声でなんとなく物哀しい。しかしぼく以外のひとは聞き馴れているとみえて誰ひとりびっくりしない。

これが紀伊國屋書店の創業者田辺茂一《もいち》氏との最初のめぐり逢いである。

田辺さんは酔っぱらうとウォーと叫びはじめる。若き日の田辺茂一氏は荒木町では箒《ほうき》のターさんと呼ばれた酔人で箒ではくように女を漁って浮名を流していた。しかしそれは金で買ったものであって愛からくるものではなかった。モテているようで実はモテていなかった。心の中は荒涼として酔うと物哀しい絶叫になったのではないかとぼくは推察した。

しかし年を重ねて茂一さんも老いてゆき、邪心がうすれていくと今度はモテモテおじさんになった。ホテルのパーティではバーのうら若い美女群に囲まれて必ず熱唱する。これがまた筆舌につくし難いほど下手なので、ここまで調子っ外れで下手だと愛敬があり、一種の芸になりウケてしまう。

酒場の片隅で茂一さんと偶然いっしょになった時、茂一さんは淋し気な口調で言った。

「やなせ君、ぼくはね、今が青春なんだ」

今が青春、この言葉はぼくの胸にしみた。その時田辺茂一氏の真情はまだぼくにはよく理解できているとはいえなかったにしても。

ぼくは売れないモテないしがない漫画家としてそれでも生きのびてきた。ところが人生の晩年になり、ぼつぼつ引退かという六十歳頃から突然アンパンマンがヒットして、おくればせながらようやくこの稼業の駆けだし時代がはじまった。おそ咲きにしてもメチャクチャおそい。収入も安定し、自分でいうのはおかしいが異性にもモテるようになった。

そして、田辺茂一氏の言った「今が青春」という言葉の真意にはじめて気づいた。

今が青春！　たしかにそうである。ぼくには青春はなかった。うす汚れて灰色だった。

ようやくこれからという時に日支事変から大東亜戦争、ぼくは絵筆の代りに銃をもって戦場にいた。終戦は上海で迎えた。

復員してもしばらくは感覚がズレていて、上京した時はぼくよりも十歳以上若い戦後の新人のきらびやかで新鮮な才能に眼を見はって驚嘆するばかりであった。

漫画の世界以外でも、当時知りあった若い才能は永六輔、前田武彦、青島幸男、いずみたく、山本直純等々で、漫画では加藤芳郎、改田昌直、横山泰三、岡部冬彦、根本進、手塚治虫等々である。名前を書きながら愕然《がくぜん》としたのは、ぼくより若いのに既に鬼籍に入っている人の数が多いことである。

みんな及びもつかない大天才だった。吉行淳之介も宮城まり子もまだみんな若くて美しかった。吉行さんはモダン日本の編集長をしていたが無名で貧しかったけれど、当時からオカマにさえもモテモテのハンサムだった。

ぼくは売れてもいないし、勿論《もちろん》モテなかった。なさけなかったですね。

そして茫々と時が過ぎる。いつの間にかぼくは八十八歳という信じられないような超老人になってしまった。

暗夜行路のトンネルをようやく脱《ぬ》けて、よろめきながら「今が青春」とつぶやいている。時すでにおそしで百メートル歩くと疲れて倒れてしまう。入院・退院・手術のくりかえしで全身ボロボロ。余命いくばく?

しかしまだ現役で、超老人には無理な新しい仕事がおしよせてくる。

明日の生命も解らないので、服装も派手になり、田辺茂一さんではないが美女群をしたがえて歌うことで不安をごまかす。

もう恥も外聞もない。ダンディにイキがって暮している。自分ではダン爺ズムと言ってるんですけどね。

過ぎてしまえば人生は夢である。

できれば青春は人生の最後にきた方がいい。ラストソングを華やかに歌ってフィナーレにしたい。そう願っている。

気分はたしかに「今が青春」だが、こんなに老衰するとは思わなかった。眼も耳も性慾もすべて衰弱して無念、残念、口惜しい。

けれどもそこはダン爺ズム。弱味はみせず無理して無理若丸を演じている。

みっともないとは思うけれど、もうどうだっていい。枯淡の境地なんかにはなりたくない。ダン爺は今が青春！

（「文藝春秋SPECIAL」季刊秋号）

一〇〇〇回目の敗戦

加藤《かとう》一二三《ひふみ》
（棋士・将棋九段）

昭和二十九年、十四歳でプロ棋士（四段）となってから五十三年。八月二十二日に私が通算一〇〇〇回目の敗戦を喫したことはさまざまなメディアで報じられたが、その反響の大きさにわがことながら驚いている。勝負師ならば勝ったときにこそニュースになるものだろうが、平成元年に一〇〇〇勝、平成十三年に一二〇〇勝をあげたときもこれほどの騒ぎにならなかったし、娘の知人からは「おめでとうございます」という連絡まで頂戴した。

複雑な気分だが、将棋界ではもちろん初めてだし、私に一〇〇〇個目の黒星を付けた戸辺誠四段は二十一歳で、孫と同世代だ。また、一年に九十番戦う相撲界でも、引退した寺尾関の九三八敗が最多だと聞くと、ずいぶん長く現役として第一線を張ってきたものだと感慨を覚える。二十五年前、四十二歳で宿願の名人位に就いたのはついこの間のような気もするのだが、私を支えつづけてくれた家族にあらためて感謝したい。

振り返れば、印象に強く刻まれているいくつかの敗戦がある。

妻に「つらかった」といわせてしまったのは平成十一年、二十連敗を記録したとき。彼女は最近になって、「どうしたらいいか、分からなかった」と漏らしていたが、勉強を怠って負けていたわけではないし、対局用の背広を変えるとか、験《げん》をかつぐようなこともしなかった。「次はきっと勝てる」と楽観的な気持ちでいたのが効を奏したのか、二十一戦目でスランプを脱し、通算三十四期目となるA級の座を守ることもできた。

敗戦のあと、ある「予感」を覚えたことも二回ほどある。

最初は、昭和四十三年、大山康晴さんに挑戦した第七期十段戦七番勝負（四勝先取）第二局。第一局に続いて敗れ、星勘定は厳しくなったのだが、打ち上げで関係者と談笑しているうち、なぜだか「この勝負は勝てる」という思いが湧いてきた。第四局では総計七時間に及ぶ長考の末に絶妙手を発見するなど、心身ともに充実しており、予感通りに初めてのタイトルを逆転で獲得することができた。

二度目は、昭和四十八年、中原誠さんと戦った名人戦七番勝負のあとのことである。このとき私は一勝もできず、四連敗で敗退した。中原さんのような作戦巧者に対抗するには、将棋の切れ味を増さなければならないと悟る契機となった勝負だったが、シリーズ終了後、洗礼を受けた教会でミサに出席している際、「今回はだめだったが、いつか名人になれる」という確信が生まれたのだった。この九年後、私は中原名人を破り、三度目の挑戦で大願を果たすこととなる。

一三〇〇近い勝局の中でも、やはりこの昭和五十七年名人戦最終局の記憶がもっとも鮮烈だ。

千日手、持将棋（引き分け）を含めると計十局を数えた死闘の決着を前に、旧約聖書の「闘いに出るときは勇気をもって戦え」「相手の面前で弱気を出してはいけない」「慌てないで落ち着いて戦え」という教えを胸に私は果敢に戦った。

長考派の私も、時間に追われて慌てないよう、決断を早めに下すことを心掛けたのだが、最終盤で持ち時間が残り二分になっても勝ち筋が発見できない。残り一分となり、「また出直しか」と諦めかけた瞬間、直感では盲点になる手が閃いた。

このときに私が発した「あ、そうか」という叫びは、決戦が行われていた将棋会館中に響きわたったと後に聞かされた。

あれから二十五年。私には子供が四人、孫が四人いるが、対局に向かう闘志は、まったく変わっていない。デビュー以来、升田幸三さん、大山さんといった先輩がた、最大の好敵手だった中原さん、米長邦雄さん、世代が下の谷川浩司さん、羽生善治さんたちと熱戦を繰り広げてきたが、盤を前にすれば、没入することはいつの時代も同じである。一〇〇〇回も負けているのだから、反省して相手を見ながら戦法を選ぶような老獪さがあっていいのかもしれないが、いまさらスタイルを変えるつもりもない。流行の序盤戦術を付け焼き刃で研究するより、新鮮な気持ちで対局に向かったほうが望ましい結果が出るように思っている。

私は今年、六十七歳を迎えたが、具体的な目標を立てることが重要だと考えるようになった。毎週日曜日に放送されているＮＨＫ杯トーナメントで、私は史上最多の七回優勝を果たしているのだが、この記録を八回に伸ばしたいというのが、いまの願いである。

（「文藝春秋」十一月号）

欧亜局ソヴィエト連邦課

佐藤《さとう》　優《まさる》
（起訴休職外務事務官・作家）

一九八五（昭和六十）年四月、私は外務省に入省した。一ヵ月、外務省研修所で必要最低限の教育を受けた後、五月一日から欧亜局ソヴィエト連邦課（現欧州局ロシア課）で勤務することになった。外務省北庁舎六階のいちばん北の奥にソ連課は位置していた。他の課の扉は開放されているのに、ソ連課の扉だけは閉ざされている。しかも、呼び鈴がついていて、英語とロシア語で、「御用のある方はこの呼び鈴を押してください」と書いてある。恐る恐る扉を開いて中に入った。ロッカーやキャビネットで入り口が迷路のようになった不思議な作りをしていた。

研修生の仕事として、上司から言われたことはたったひと言だけだった。

「朝、いちばん早く来て、課の鍵を開けて、夜はみんなが帰った後、鍵を閉めて帰ればいい。あとは、課の人から言われたことをきちんと処理してくれ」

要は「滅私奉公で、ありとあらゆる雑用をやれ」ということなのだ。当時のソ連課長は野村一成氏（後の駐露大使、現宮内庁東宮大夫）だったが、研修生が課長と話をする機会はほとんどなかった。外務省では、筆頭課長補佐を首席事務官と呼ぶ。当時のソ連課は、ロシア語を研修したいわゆるロシア・スクールで固められていたが、首席事務官だけは非ロシア語研修の職員を配置するようにしていた。当時の首席事務官は中国語研修の宮本雄二氏(現駐中国大使)だった。とにかく宮本首席はよく怒鳴る。当初、私はこの人は少し情緒が不安定でないのか、なぜこのような劣悪な勤務環境でソ連課員は黙っているのかと不思議に思ったが、しばらく観察するうちに宮本氏がどういう状況で怒鳴るかがわかった。野村課長の意向に課員が十分応えておらず、叱責されるような状況が生じるのを先回りして、宮本氏が大きな声を出すのだ。外務省で課長は絶対の存在である。課長に課員が怒鳴られるような事態を宮本氏は防いでいたのだった。

研修生が担当する業務で、いちばん大変なのはクレーマーからの電話の対応だ。当時、大阪から毎日のように電話をかけ、日本の対ソ外交がけしからんと延々と二、三時間演説をする初老の男性がいた。ソ連課員はみんな閉口し、この人物からの電話については、五分話を聞いたら、後は受話器を放り出しておくということになっていた。初老の男性はそのようなソ連課員の対応に激昂して、「お前ら、東京まで行ってぶっ殺してやるゾ」と毎日二十回近く電話をかけてくるようになった。ロシア・スクールの先輩に、「佐藤、お前は牧師としての訓練を受けているんだから、このオッサンを何とか黙らせろ」と言われた。私は初老の男性の話を小一時間聞いたところで、「家族を出してくれないか」と頼んだ。そうすると奥さんが電話に出た。奥さんの話では、「夫はシベリア抑留者で、炭坑で強制労働に従事したため身体を壊したにもかかわらず、恩給がもらえないので、その怒りを外務省ソ連課や大阪のソ連総領事館に電話をしてぶちまけている」とのことだった。その話を聞いて、私は厚生省の恩給欠格者を担当する係官と話をし、この初老の男性と連絡をとってもらった。それから数日経って、この男性の夫人から、「恩給の手続きをとってもらいました。ほんとうにありがとうございます」というお礼の電話がかかってきた。その後、初老の男性からの嫌がらせ電話はなくなった。

それから数日して、いつもより少し早くソ連課に行くと、宮本首席が座っていた。どうも徹夜明けのようだった。宮本氏から「朝飯を食いにいかないか」と誘われたので、八階の食堂グリーンハウスに行って、トーストを食べ、コーヒーを飲んだ。

「佐藤君、あの大阪のおじさんの件をよく処理したね。君は心根が優しい。大学院からこういうがさつな場所に来て、当惑していると思うが、もう少しだけ我慢することだ」

「どうも役人は向かないような気がするんです」

「役人に向かないと思っているヤツが、外交官としていい仕事をするんだよ。とにかくやめることはいつでもできる。研修を終え、知識を身につけてからやめても遅くない」

「首席、やめることなんか考えていないから、ご安心下さい」

そう答えたが、実は私は半分くらい外務省に嫌気がさしていたのである。この宮本氏のひと言があったから、頑張る気になったのだ。

二〇〇二年、鈴木宗男疑惑の嵐が起き始めたとき、外務省五階のエレベーター前で宮本氏に声をかけられた。「佐藤、ちょっとやりすぎたようだな。しばらく頭を低くしていれば、嵐は去るからな。俺は君のことを誇りにしているぞ。やりすぎるくらいじゃないと北方領土問題は動かないからな」。宮本氏はそう言って、私の肩を叩いた。

（「文藝春秋ＳＰＥＣＩＡＬ」季刊秋号）

ゼリービーンズ

下田《しもだ》キヌエ（主婦）

私はいつもよりこざっぱりとしたモンペに着替えた。今日は繭の出荷の日である。側で今年四つになる妹がチョコマカ動き回っている。出かけるのは、今かいまかとはやる気持ちを、抑えきれないでいるのだ。

私が繭の出荷場に妹を連れて行きたいと言い出したのは三日前のことである。初めは反対した母だったが、昨夜のうちに藁を丹念に木槌で打って、私と妹の二人分の藁草履を編んでくれた。母が作った草履はとても履き心地がいい。妹の小さな足にぴったり合うように編まれた草履の赤い鼻緒は、この間私が縫ってやったチャンチャンコの残り布である。

おととし一番末の弟、明坊が生まれてからは、妹は私と寝るようになっていた。本当はまだ母ちゃんが恋しいはずなのに

「小夜姉ちゃんが一番好き」と言って私にかじりついてくる十三歳年下のこの妹が、私はどの兄妹よりも愛おしかった。

「農協の出荷場まで、歩けるか？　ついてくるならお菓子屋で飴買うてやるよ」

「飴？　うわぁ行くいく、ぜったい行く」妹は飛び上がって喜んだ。飴なんか買ってもらったことは一度もないのだ。普段甘い物といえば干し柿か干し芋、たまに母が作った芋飴しか知らない妹に本物の飴を食べさせてやりたかった。

　戦争が終わってやっと四年目の夏が巡ってきていた。どこの家でも似たりよったりの暮らしではあるが、我が家は特に貧しい。働き者だった父は、去年の秋に死んでしまった。満州から引き揚げる途中で病気になった体に、無理を重ねたのが原因かもしれない。

　私たちは兄妹八人、母を助けて畑仕事をするかたわら、お蚕も育てている。養蚕は唯一の現金収入のみちだった。

　夏に仕入れた蚕の幼虫を秋ご、とよぶ。初めは小さなウジ虫にしか見えない幼虫も、日に日に桑の葉を食いはじめると、家中がパラパラざわざわと大雨のような音に包まれる。すさまじい食欲で食い尽した桑の葉脈に、這いのぼってゆらゆらと白い裸身をくねらせる姿はおぞましく、さらに脱皮をくりかえして成長するにつれ、家中に生臭い匂いを発散する。畳まで剝いで蚕棚に占領された暮らしは慣れていてもうっとうしい。

　丸々と太った体が透き通ってきて、上がりと呼ばれる状態になると、抓み上げて繭用の桟に区切られた箱に移す。私はこの仕事が気味悪くて、嫌々ながら手伝ってはいつも母に叱られている。

　やがて気の毒な蚕は、繭の中で永遠の眠りにつく。これを選別して、不揃いのものやシミのあるものは自家用にする。手織り機にかけながら母は「今にお前達にも絹の着物を着せてやる」というのが口癖だが、私にはそんな日が来るとは思えない。

竹の大籠に山盛りにした繭は艶々と白く輝いている。途中で大切な繭がこぼれないように、布で覆うと私は籠二つに天秤棒を渡して担う。肩でバランスを取るコツは充分心得ている。

「さあ、行くよ、手は引いてやれんからしっかり歩きな」と妹に言った。

農協の出荷場までほぼ一時間の道のりを、四つの妹の足が耐えられるだろうかと私は不安だったが、妹は飴のことで頭が一杯なのか、飛び跳ねるようにして付いてくる。くせっ毛の髪が頭の後ろでもつれて、クルクル風に揺れていた。

出荷は無事に終わった。お金の入った巾着袋を懐に、妹の手を引いてお菓子屋へ走る。戸口まで良い匂いが立ちこめている店先で、初めての買い物に、びっくりしている妹に私は、飴玉の瓶を指さした。

妹は首を横に振る。それではと、煎餅の袋を勧めると妹はこれも拒否した。妹の目はある一点に釘付けになっている。それは私も初めて見る美しいお菓子だった。ちょうど子供の小指のような楕円形で、赤や黄色や桃色の粒がガラス瓶に詰められている。黙って指さす妹に私は小声で「それは高そうだからダメだよ、十円では少ししか買えないんだよ、家で待ってる明坊にも、分けてやらなきゃあならないし……」。しかし聞く耳持たない妹に、根負けして私は二十円分だけ買った。

家まで我慢できない妹は、もう袋の中を覗きこんでいる。見ると白い紙袋のなかには花が咲いているようだ。甘い匂いを思いっきり吸い込んだ小さな鼻の頭に汗がでていた。

「良い匂いだよ、姉ちゃん」と私を見上げる。

お互いに一粒ずつ口に含むと強烈な甘さが舌にひろがって奥歯で噛むとグニュッと不思議な弾力があった。

そのお菓子がゼリービーンズというものだと知ったのは、町でお菓子屋を営む叔父さんの家へ遊びに行ったときのことであった。

叔父さんは妹を膝に抱き上げて
「こんなお菓子ならいくらでもあげるよ」といってゼリービーンズをいっぱい詰めた袋を妹の手に握らせた。叔父さんには子供がいないので、私たちをかわいがってくれるのだ。

「なぁ、きんちゃん、叔父さんちの子供にならないか」といって妹の頭をなでた。私は胸がドキンとした。なんだかとんでもない秘密を聞いてしまったような気がした。

叔父さんはきっと冗談をいったのだろうと思ったのでそのことは母にいわなかった。まさか本当に、妹が養女に貰われることになるなんて、思ってもみなかったから。

私が知らないところで叔父さんと母の間でどんな話し合いが交わされたのか……それから一年も経たないある日、妹は叔父さんに連れられて町へ行ってしまった。どういう訳か、私がお使いに行かされて留守の間の出来事だった。妹はついに町の子になってしまったのである。

私にとって、ゼリービーンズは今も、切ないお菓子である。


(「長崎新聞」十一月二十二日)

初婚も再婚も晩婚

伊《い》藤《とう》桂《けい》一《いち》（作家）

私は結婚を二度経験している。一度目は、五十歳で三十九歳の女性を貰っての初婚同士、ひどく晩婚。三十年連れ添ったが妻に死なれ、子も無く、両親はむろん亡く、兄弟も無い。つまり天涯孤独的な生活になり、一時は、一笠一杖で行方定めぬ旅に明け暮れるのも、と、風流なことを考えたが、八十を越えては、世間とのつながりも深く、世を捨てられるわけもない。逆にますます多忙になるばかり。

先妻は、私の昔からの親しい友人、女流詩人として知られた高田敏子のお弟子さんで、敏子の斡旋《あっせん》だった。なにぶん敏子がうしろにいるので、細君も、私や私の母に気を遣ってくれ、ともかく無事平穏に初婚時代を過ごした。二度目の結婚は、やはり高田敏子の詩のお弟子さんで、私とも旧知である。高田敏子は、詩の勉強団体「野火の会」を指導していて、会員は八百人余り、機関詩誌「野火」も発刊されている。敏子が多忙のため、彼女と親しい仲間の男性詩人四名が、合評会などを手伝った。私も、敏子大事に会のために尽力を惜しまなかった一人である。敏子は七十四歳で死去し、私は、残留孤児的な会員たちの世話をみつづける仲間に加わった。

再婚相手の女性は、先妻の知己でもあり、敏子の身近でもありして、もはや老境に入りつつある私を憐《あわ》れんで、介添人となってくれたのである。私は八十四歳、妻は六十九歳、これも驚くほどの晩婚同士である。

私は再婚の彼女に「一緒にいてくれればよい、家事も手伝いも何もしなくてよい、気が向いたらどこへ遊びに行ってもよい、お金に不自由はさせない、そのかわりぼくから逃げないでくれ」と、これは懇々《こんこん》と頼んだ。彼女にしても、師の敏子が死んだとはいえ、気持の上では（敏子先生に見られているから）という意識もあり、加えて私に対する彼女なりの好意もあり、私にしては、きわめて幸福な再婚相手に恵まれたことになる。

先妻は犬好きで、狆《ちん》を二十年飼ったが、なにぶん「嵯峨桜荘《さがさくらそう》」という犬舎号も持つベテラン飼育者になり、狆クラブの支部長もつとめ、日夜、狆界のために追われることになった。つまり先妻の彼女は、ほとんど犬と結婚しているといえるほど、狆との暮らしにのめり込み、多い時は家に七匹いて、そのどの犬にも、いちいち手ずから、食べものを与える。しかも、ドッグフードなどではない、犬それぞれの好みの食べものを与える。私にしても、もともと動物好きなので、犬にかまけて、あっというまに、年月が過ぎてしまった。

ところで、再婚の彼女だけれど、彼女は男児二人を育て、さらに孫も出来、それぞれ健在な家庭を営んでいる。夫は中学教師、彼女も小学教師、夫の死後は、教師のほか英語塾を経営して、明るくて健康、面倒見のよい女性だった。私は彼女への心のプレゼントとして、彼女と同行して陸中海岸北山崎を歩いた時の感懐を、一詩に詠《よ》んで贈った。私がもし詩人であるとすれば、少くも彼女を酩酊《めいてい》させるくらいの力作であったろうと自讃している。

私は別に、口説き上手に彼女を説得したわけではないけれど、彼女は再婚生活をはじめたと同時に、拙宅の乱雑ぶりに驚き、どう整理するかの方途に窮したらしい。彼女も先妻を真似て、犬を飼い、散らかし放題にしていればそれで済んだのだが、残念なことに彼女は幼時、犬に噛まれたトラウマのため、犬は飼えないのである。それに片付け好きの性分がある。片付けたい。それで覚悟をきめて、その日から獅子奮迅《ししふんじん》の勢いで、家じゅうの片付けをはじめた。私の家は積み重ねた本や資料類で、どこもかも傾いている。

私は彼女に、何もしなくてよいと約束したのだったが、耳をかすふうはない。一日中、けんめいに片付けをつづけてくれる。犬と結婚した先妻の後片付けだ。私は、彼女が整理整頓をつづける合間に、仕方なく「散らかっていて、ごめんね」と詫《わ》びる。一日中何度も私は「ごめんね」ばかりをくり返す。大事にしないと逃げられそうな心配もあるからだ。しかし彼女はその都度「私は先生のために片付けているのではありません。片付けることをたのしんでいるのです」と殊勝にいってくれる。彼女は私のうしろに敏子先生を見ているのだ。トシコセンセイの遺徳である。

再婚相手の彼女は、敏子先生の高弟だから、むろん詩も書く。彼女は片付け仕事の合間には、私に、自作の詩を見せる。私は彼女にできるだけ丁寧に感想を述べる。せめてもの「ごめんね」の代わりに。といって節度はきちんとする。曲りなりにも師弟であるのだし。

彼女に限らず、私の身近には詩を学ぶ女性たちも多いので、彼女にすすめて、このごろは詩の同人誌を出している。にぎやかなメンバーばかりだ。私にしても「ごめんね」ばかりでなく、彼女たちの詩誌の後援もしている。
私の結婚観だが、経験上、妻への、彼女の周辺へも、聖人君子的に、つとめて親切に、ということである。

（「文藝春秋」二月臨時増刊号）

雨と犬とヤンキーと

神《かみ》尾《お》葉《よう》子《こ》
（漫画家）

先日、雨の日に本屋に行った。漫画のコーナーを通って新刊のところへ行こうとしたときに、私の漫画を持った高校生くらいの女の子が二人。こういうシーンに巡り会うことは少ない。（わあ、読んでくれるのかしら。うれしいなー）と思った矢先に、一人の子が「こいつの漫画ちょーつまんない」と、ケッと笑いながら本棚に戻した。

「こいつ」と「つまんない」のセットで、軽く傷つきながら雨の中を帰ったら、帰り道にスピードを落とさずに曲がってきた車に、跳ねをあげられて泥水が口に入った。ちょっと泣きそうになった。

だいたい雨の日は、ろくなことがない。

バスの後部座席の中央に座ったら、急ブレーキをかけられ、革靴が滑って、運転席まで転がったこともある。あのときの乗客の笑い声は忘れられない。

そして、いつも引きこもって仕事をしているからか、こらえ性がなくて、混んだ電車に乗って濡れた傘が足に当たったりすると、イラッとする。

先日の「こいつ、つまんない」のカウンターパンチで、雨の日の嫌な思い出ばかり綴ってしまったけれど、もちろん嫌なことばかりではなく、子供の頃は雨の日が大好きだった。フランス映画の『シェルブールの雨傘』のオープニングで、色とりどりの傘が踊るのをカメラが俯瞰で映し出すシーンがある。映画の内容自体は大人っぽくて、台詞が全部歌で表現されているところが、子供の私には滑稽で笑ってしまったけれど、傘踊りのシーンが大好きだった。雨が降って、赤い長靴を履くのも楽しみだった。

高校生のときに至っては、制服がよれるから濡れたくないと思いつつも、ドラマや漫画みたいに雨の中を傘も差さずに歩いてみたいと、うっとりしながら思っていた。他校の生徒が好きだった私は、渋谷のスクランブル交差点で、傘を差しながらすれ違う人の顔がちらりと見えたとき、それが大好きなあの人だったらどうしよう……そのときさっと、世の中は動きが止まって目に映る全てのものがスローモーションになって……とか、授業中に考えながら外をぼおっと観ている、ちょっと馬鹿な子だった。

今やその妄想が仕事に生かされているのだけれど。

私は、少女漫画を生業《なりわい》にしている。漫画の中で雨は殆どの場合、センチメンタルな場面で使う。主要登場人物が何かを決心するような場面では、青空の下ではなくて、なぜか雨か嵐と決まっている。もちろん、漫画だけではなく、ドラマや映画などでもそうだと思うけれども、とにかくドラマチックになるからだ。

使い古された漫画のエピソードで、雨の中子犬を拾うヒーローを、ヒロインが傘を差しながら、そっと電柱の陰から観ているシーンなどがある。大体において、そのヒーローは学校内の嫌われ者だったり、ヤンキーだったりする。そこに雨だ。雨は濡れた子犬をさらにみすぼらしく映し、ヤンキーのヒーローを優しく見せる。そう、雨はドラマを作り出す。

私の描く漫画の中での主人公は、たいがい雨の中で、髪のしずくか、涙か、どちらかよくわからないけれど、泣いている。そして、水に濡れたヒーローは何割か増しに色っぽくなり、カッコ良く見えるようにできている。

以前漫画で、天然パーマでドレッドヘアのような、すごい髪型の男の子が、水に濡れるとストレートヘアというのを描いたら、これがものすごく評判が良くてビックリした。読者の方々から、「ずっと濡らしていてください！」という手紙を何通もいただいた。その男の子の普段の髪型は描くのがとても大変で、ストレートだったら楽だな、と思って描いただけの事だったのだけど。

要望は大変有難くてうれしいけれど、そんなにいつも風呂にいれておくわけにはいかない。

そして、少女漫画に出てくるヒーローたちは、よく雨の中、ヒロインの家の前に立っていたりする。現実にずぶ濡れの男の子が家の前で待っていたら、そりゃもうビックリして警察沙汰になるかもしれない。

でも、漫画の中の雨は、どこまでも優しいのだ。もちろん、警察も親も呼ばない。こんなにびしょ濡れになるまで、私のことを待っていてくれたなんて……ということになる。

いやもう、本当に愛すべき、都合のいい世界だ。

そして作者である私は、「こんな雨の中で抱きしめられたら、ぐちゃぐちゃして、気持ち悪いだろうな……」と、少女の読者がこのエッセイを読んだら、傘の尖端でつつきに来るようなことを思いながら描き続けるのだ。

こんなだから、少女に「こいつ」呼ばわりされているところに出くわしちゃうのかも……。

（「青春と読書」六月号）

寝転んで立ち読み？

建《たて》倉《くら》圭《けい》介《すけ》
（作家）

二十年ほどまえ、英国の地方都市にいたことがあるが、向こうの会社にいってまず驚いたのが、鉛筆やボールペンにことごとく無数の歯形がついていることだった。英国人は男女を問わず、筆記用具を持つと当然のように口にくわえる。そして、考えごとをしたり人の話を聞いたりしているときにかなり強く嚙むのだ。紳士も嚙むし、美人も嚙む。長い歴史のなかで、英国人と筆記用具の間にどのような確執があったのか知らないが、私は、英国人から筆記用具を借りるのはよそうと思ったものである。

ほかにも、足先をデスクの上に載せたり、電球を取り替えるときに椅子に土足で上がったりする姿にも慣れ、彼らの粗野なふるまいに対する免疫がかなりできたつもりでいた。しかしそれも街の書店にいくまでのことだった。

一階の入り口付近はベストセラーのペーパーバックが壁一面に並べられており、日本でもおなじみの光景だった。専門書が置いてある二階にいってみた。壁際の本棚を見ていたとき、足元に何か動物のようなものがいる気配を感じた。おそるおそる下を見てみると、そこには寝転んで立ち読み(?)している客がいたのだ。身体を横にし、片肘をついたほうの手に本を載せてもう一方の手で優雅にページをめくっている。あらためて店内を見回すと、ほかに二人ばかり同じような格好のものがいた。座り込んでいるのは何人もいた。

そういえば最近、日本の書店でも椅子を置いているところが増えたが、それは英国のように床に座ったり、寝転んで読んだりする客がすでに出現して、もう少し行儀よくさせるために椅子を置いたのであろうか?(むろん、そうではないだろうが)

では私はどんな客なのだろうと、あらためて考えてみると——。街の書店に足繁く通うのは、やはり実際に本を手にとってみることができるから、というのは間違いない。

私は調べものに窮したときなど、長い時間書店の棚を眺めて過ごす。たとえば、戦時中に米国のある州のある地域で、夏にはどんなものを食べていたのかというようなことである。わかれば、小説の中で「何々を食べた」となり、味、匂い、食べるときの姿勢などの描写を入れることができるが、わからなければ、単に「食事した」と表現されるだけである。いくら調べてもわからないとき、主人公はそこにはほんの少し立ち寄るだけだから、食事の場面を入れなくても——と、逃げの手を考えたりするのだが、たいていは諦めきれずに、調査を続行することになる。直接的な資料にはすべて当たったあと、残るは、まったく別のテーマの本の一部に書かれていたり、だれかの日記や紀行文の数行に書かれていたりするのを見つけることくらいだ。

書店の棚を漫然と眺めているときは、そういうものを探しているのである。タイトルはもちろん、本の厚さ、帯の言葉、表紙の絵柄から中身を想像して、ひょっとするとこの本に探していることが書かれているかもしれないと予想する。そこで実際に本を手にとり、目次に目を通す。外れるときのほうが多いが、それでもその中の言葉が刺激になって新たな連想を生み、別のタイトルの本を手にとるということになる。

このとき意識するのは、棚をつくっている書店の担当者の好み（あるいは戦略）である。頻繁に書店に通っていると、A店の民俗・風俗コーナーは山に関する品揃えが充実しているとか、B店は方言関係の本がいいとか、C店の歴史コーナーはどういう史観から本を選んでいそうだなどということがわかってくる。だから調べている内容によって、まずあの書店で見てみようということになる。書店の担当者と会ったことはないが、こちらが予想したとおりのものが見つかったときには、やはりそうだったと、何か見えない相手とコミュニケーションをとっているような気分になる。その後見つかった本をレジに出しながら、よくぞこの本を置いてくれたと、棚をつくった人に心の中で感謝しているのだが、そんなことはカウンターの向こうでお金を受け取っている人の知る由もないことである。

いま思ったが、頻繁に店を訪れ、一見脈絡なく場所を移動しては棚をじっと眺めている私のほうが、床に寝そべって立ち読みしている人より不審な客に見えるかもしれない。

（「本の旅人」十二月号）

微笑み

中島《なかじま》誠之助《せいのすけ》
（古美術鑑定家）

ヨーロッパへ初めて旅行したのは三〇代の前半のことだった。それは観光ツアーなどという結構なものではなく、江戸時代に肥前長崎の出島からオランダ船に積み込まれて輸出された古伊万里磁器を、パリやアムステルダムの古物店から買い集めて里帰りさせようという商売の買い付け旅行だった。

当時のヨーロッパにおける古伊万里磁器の商品相場は、日本国内のそれに比べてはるかに安く、そのために古伊万里を運んだだけで高額の利益を得ることができたのだ。

なんせ昭和四〇年代の頃、日本の古美術市場や趣味家のあいだでは、十七世紀や十八世紀に製作された肥前の古伊万里磁器が、ヨーロッパに存在していることすら知らなかったのだ。

そのために、それまでの日本人が見たこともなかった染付《そめつけ》や赤絵の古伊万里大皿や壺などが、パリの蚤《のみ》の市に無造作に並んでいるものだから、多少とも古美術に心得のある旅行者たちは、どぎもを抜かれたのである。

新進の古美術商だった私も、その当時の里帰り古伊万里商売に参加したのはいうまでもないことで、わずかの資金を懐にしては格安航空機のソ連アエロフロートに搭乗して、羽田とパリを往復したものだった。

といっても、貿易商社を利用することも知らず、ひとりでパリやロンドンに散在する数十軒の古物店をかけめぐり、利幅の大きそうな古伊万里の皿や壺を買い集める日がつづく。

そして大きな風呂敷に新聞紙でくるんだ古伊万里の器皿を包みこんで、欲張りじいさんよろしく背負ってくるのだ。日本に持ち帰るとすぐに古美術市場で、仕入れ品を競り売りにかけ換金する。カネをつかんでまたアエロフロート機に乗り込むという、結構面白い日々が続いていた。

そんなある日、目方にしたら十五キロは優に越えていた大きな風呂敷包みをヨッコラショと持ち上げて、アムステルダムのスキポール空港で日本行きの飛行機を待っていたときのことだった。手続きのために行列を作って並んでいた人々が動きだし、私も重い古伊万里の入った包みを移動させていた。そのとき手がすべって風呂敷包みを前の人の足の上に落としてしまったのだ。ハッとして見上げた相手は金髪の白人紳士だった。

よほど痛かったと見えて彼は顔をしかめたが、つぎの瞬間に私の目を見つめてニコッと笑みを返したのだ。そのとき私はその笑みに対し顔が硬直して、エクスキューズミイがいえなかったのだ。このことがいつまでも私の胸の中にしこりとなって残っていた。「あの時なぜ謝れなかったのだ、なぜ会釈できなかったのだ」と。

やがて里帰り古伊万里商売も下火になり、ヨーロッパ通いも止めてしまったが、私はあの白人紳士のニコッとした笑みを忘れることができなかった。若い駆け出しの古美術商が、ただ夢中で金儲けに精を出し、他人のこともかえりみずに荷物を担いでいた日々。それはそれで若き日の苦労話として、よい思い出でありやり遂げた仕事に悔いはないが、やはりあの時、私にはゆとりがなかったのだ。

成田や関西空港の国際線乗り場で、外国人に重い荷物をぶつけられた時に、私はニコッと笑みを返せるだろうか。いや、日頃他人に足を踏まれた時に、ニコッと笑みを返せるだろうか。「いてぇじゃねぇか、気をつけろぃ」とにらみ返すのではないだろうか。

このことは常に私の心の中にある。あの白人紳士のニコッとした笑みは、ヨーロッパ社会が何世紀にもわたって積み重ねてきた融和への努力であり、道徳として形作られたゆとりなのだ。あの頃の若い私は、威勢のいい江戸っ子の一人として大道を闊歩《かつぽ》していたが、あの白人紳士の与えてくれた微笑みにはかなわなかったのだ。

還暦を迎えてから初めてカミサンとヨーロッパ旅行をした。向かった先はスイスである。ベルンからジュネーヴへ向かう列車で、同じ車両のスイス人がしきりに席を移れと私たち夫婦に手招きをする。言葉は通じないが身振り手振りでそれと分かり、それまでの右側から左側の空いている席に移動したところ、ほどなくして車窓全面にレマン湖の風光が飛び込んできたのだ。

喚声をあげる私たちに、「どうだ、いった通りだろう」とばかりにスイス人がニコッとした。むろん私たちも喜びの笑みで彼に感謝の気持を伝えたのだった。

東京駅の八重洲口は新幹線に乗る私の通路となっている。雨まじりの寒い朝、いつものように通り掛かると、柱の陰でアメリカ人の若い数人の男女が弁当を食べている。大学生の無銭旅行のグループだろうか、いかにも寒そうに見えた。私は急いで売店へ行き、熱いお茶を人数分買って彼等のところへ戻った。ニッコリ笑って「ホット・ティー」と手渡してやったら、リーダーの女子学生が「サンキューベリーマッチ」と大きな声を上げて受け取ったのだった。

（「日本橋」一月号）

「問題があります」まで

佐野《さの》洋子《ようこ》
（絵本作家）

私が初めてロシア人を見たのは、北京のチンチン電車の中で四歳位だった。中国人や日本人がぎっしりつまっている中で、一きわ背の高い不思議な白い顔と黒くない髪の毛、はっきりしない目玉の男だった。私は初めて白人を見て大いに驚いた。父の背広のすそをひっぱってその男に向けて人さし指をのばした。父親は恐しい押しころした声で、「人をゆびさすな!!」と云った。私はとても恥しかった。強烈な恥しさだった。電車をおりてから父は「白系ロシア人だ」と云った。私には珍しい初めて見る、例えば動物園のキリンとか、象みたいに思えたのだった。

私は今も白系ロシア人の白系がよくわからない。それから街で白人を見ると全て白系ロシア人だと思った。

そして終戦になった。その時私達は大連にいたが、どっとロシアの兵隊がなだれ込んで来た。ロシア兵は女と見ると強姦するという噂だった。強姦という言葉も知らなかった。

ロシア兵は軍服を着てでかく、群れて歩くので、子供はキャーといって逃げた。そしてものかげからのぞいた。ロシア兵は野蛮人だとも云われた。私達はロシア人の事をロスケと呼んだ。誰が発明した言葉か知らないが、いかにも蔑称のひびきがあった。歩いている日本人から腕時計をとり上げ、五個も十個もうでに並べていた。例外なく並べていた。時計も知らない野蛮人。そしてロシアのトラックは街を歩いている男をつみ込んで、どこかに連れて行って、その人達は二度と帰って来なかった。ある日父は、煙草を買っていると、そこの女主人が、裏道を行きなさい、今トラックが来ますと教えてくれたと外から帰って来たことがあった。絹子ちゃんのお父さんもどこかへ行ってしまった。絹子ちゃんのお母さんは肺病で白くていつもねまきの上にきれいな羽織を着ていたが死んでしまった。絹子ちゃんと妹はどうしたのだろう。

しばらくすると日本人の放浪児が湧いて出て来た。夜遅く窓をたたく音がするので行くと、にこにこ笑っている十歳位の男の子がのり巻きを一本持って立っていた。

あかりがついた窓の中で、私達は親子六人で家族をやっていた。もう冬だった。その子はのり巻きをあげると差し出した。「明日食べなさい」と母は云った。どこかで親切な日本人が彼にたくさん食べさせ、そして明日の分を持たせたのだと思う。あの子はうちの子になりたかったのかも知れない。

すぐ近くの公園で新しく出来て、終戦になって消滅してしまった学校の生徒が十五、六人集団で首つりをした事件もあった。日本から入学するために来たばかりの子供たちだった。あの状況で日本が存続しつづけると思っていたのだろうか。

ある日の真っ昼間、裏の奥さんが素っ裸で家の窓からとび込んで来た。今考えるとぞっとするが、その時私は何かわくわくした。

夜になると、酔っぱらったロシア兵が大声で歌をうたってつるんで通った。「あいつら、酔うとかならず歌をうたうんだ」父は何か感心した様に云った。太くて声量がある合唱だった。

ある日、夜遅く父が、大きな袋みたいな風呂敷みたいなものを持って来た。開けると食パン一斤位のソーセージが二個入っていた。一つは黒っぽくポチポチした白い粉が入っていた。初めてあんなでかいソーセージを見た。もう一つはどんなだったか忘れた。

酔っぱらったロシア兵が棒にそれをひっかけて歌をうたいながら歩いているのを父は、あいつらあれをかならず落すと思ってあとをつけたそうである。予想通りになったのだ。とうもろこしの粉の団子やコーリャンのおかゆを食べていた私達にそれは天国の食い物だった。お父さんは偉いなあと思った。

大連に大和ホテルという高級ホテルがあった。星ヶ浦というきれいな海のそばにあったと思う。そこはソ連の高級軍人の宿舎になっていた。学校はなくなったが受持ちの女の先生が、二、三人の子供を遠足につれていってくれた。

私達が坐っているところに一人の軍人が来た。明らかに夜よっぱらって歌をうたっているロスケと服装も品格もちがっているのがわかった。私は子供だったから、かんたんなロシア語をすぐ覚えて、多分その軍人に呼びかけたのだろう。その軍人は私を抱きしめて、ホテルに行こうと云った。私は子供だけどわかった。この人は私位の子供が居るのだろう。私を見て子供を思い出したのだ。先生は行ってらっしゃいと云ったが、私は恐ろしくて、首をふりつづけた。

若かった魚住シズカ先生、あの時行けばよかったと私は一生思っているのです。

先生が引き揚げる時、私に日本の住所をくれた。私はそれを宝物にしていた。

すると兄が、それを奪って、食べてしまった。兄は住所を覚えていて、新しく書いてくれたが、私はなくした。

次に私が出合ったロシア人はアンナ・カレーニナだった。中学生だったと思う。

アンナ・カレーニナは大連を大声で酔っぱらっているロシア人とは何の関係もなかった。

中学生にアンナ・カレーニナの何がわかったのだろう。今でもあの兵隊とアンナ・カレーニナやウロンスキーが、同じ国の人とは思えない。階級というものは、国籍の違いよりももっと大きい。

それから、『カラマーゾフの兄弟』も読んだ。大変読みにくかったが活字なら何でも読んでいたから、仕方ない。

訳者は同じ人だった。私はロシア語が出来る人が日本には一人しか居ないのだと思っていた。

しかし何が何だか私にはわからなかった。長ったらしい名前が一行分全部になっていたり、やたら重厚なのだ。

そして、ドストエフスキーは大変偉大で人間の複雑な混とんや悪や信仰の根源にせまった、人間なら読まずに死んではいけない様なものとして認識した。

私は読みにくくて重々しい何だか脂っこい『カラマーゾフの兄弟』をそれでも通読した。何が何だかわからなかったが、外に娯楽がなかったのだ。うんと年をとって時間が余った余生に読めばわかるだろうとわきにどけた。

わきにどけている間に私は中年になってしまった。私が住んでいる家にロシア人が住んでいた事があった。その時一緒に暮していた人が連れて来た。その人の家はやたら広くて部屋がいくつもあり、台所も別にあったので、大男のロシア人が邪魔なことはなかった。彼は多分日本文学を勉強しに日本にやって来たのかも知れない。少し日本語が出来た。彼は、「問題があります」と会話の頭にかならずつけた。「問題があります、ファックスの紙がありません」「問題があります、油がありません」「問題があります、ボールペンがありません」

少し厚かましくはないかと同居人と話した事があった。

これが私の知っているロシア人の全てである。私は国際人ではない。言葉は日本語しか出来ない。島国だから私の根性も島国である。

何で、ロシア人のことなど書き始めたのだろう。私も余生の真っただ中ドストエフスキーの時になったのだ。

光文社の新訳『カラマーゾフの兄弟』を読み始めた。目からウロコが何枚も落ちる程読みやすい日本語で、中学生が読んでもわかると思う。前の一人しか居なかった訳者はものすごく罪深いと思う。新訳を知らずに死んだ日本人、天国まで誤解を持って行ってしまったね。島国の日本人は他国人をほとんど映画か本かテレビでしか知る事が出来ない。翻訳体などというものはない。私達は外国の文学を日本語で読むのだから。


(「文學界」十二月号)

新住民意識への嘆き

菊池《きくち》興安《こうあん》
（市心配ごと相談所主任相談員）

ある教授の主張

ある中年の男性が、市内のAデパートへ買い物に行った。このAデパートは市内屈指の大きな店で、東京に本社があった。彼は地下の食料品売り場へ行き、あれこれと果物類を見て歩いていた。これまでも妻に依頼されて、何度となく食料品を購入していた。

彼は茶色の網に入った蜜柑を一袋取り出してレジへ向かった。その網袋の表面の紙に、二千グラムで五百円と表示されていた。彼は網袋をレジに設置されていた計量器に載せてみると、千八百グラムしかなかった。これは表示より二百グラムも少ない。そこで彼は料金を支払ったあと、レジ係の若い女性に、

「この蜜柑の袋の表示は、計量器で量ってみたら二百グラムも不足している。これは不当景品類及び不当表示防止法の第四条の不当な表示の禁止に違反しているのではないか。その法律に違反した結果で、詐欺罪になるかもしれない。どうしてくれるのか」

と詰め寄った。するとレジ係の女性はびっくりした表情をして、

「そ、そんなことを言われても……私らはお客さんが買われた商品の値段を計算し、お金をいただくだけですから」

と狼狽しながら弁解していた。すると彼は静かに言った。

「君は客と面接し、商品を売り渡し、料金を受け取るわけだから、責任逃れはできない。そのような回答では納得できないから、担当の上司を呼びなさい。その上司から説明してもらうから」

この言葉に彼女は困惑し、自分では対応が無理だと思い、電話で上司を呼んだ。呼ばれた上司がすぐ飛んできた。これまた三十歳前後の若い男性で、レジ係から説明を聞くと、気楽に答えていた。

「お客さん、この商品はすべて本社で袋詰めしており、それがここへ搬入され、ここでは売るだけですから、そのようなことを言われても困ります。重量まで責任持てませんから……」

「えっ、責任持てないって……それはどういうことかね。君はこの店の社員であり、この売り場の責任者なのだろう。君が責任持てないのなら、その上の責任者を呼びなさい。これは私個人のことだけでなく、この店に来るお客全体を相手にした問題にもなる。それは会社全体の問題に及ぶことになる」

そのように言われると、この上司は軽く考えていたことを後悔するように硬直した表情で、口走った。

「い、いや、商品の仕入れや袋詰め、値段付けまで、すべて本社の方でやり、この店では売るだ

けなのです。ですから重量のことを言われても……」

「客は店で商品を買うので、店を相手にするほかない。本社とか、袋詰めするところとか、値段付けをするところとか言われても困る。どうしても責任が取れないというなら、本社と支店の共謀による法違反になる。この不当表示そのものには罰則はないが、組織ぐるみの法違反による詐欺罪になるおそれもある。それで告訴してもよいのか」

なるほど、このように言われては、黙視できない。本社で袋詰めしたときは、表示どおり正確にあっても、果物や野菜はその大半が水分なので、蒸発して軽くなることもあり得るかもしれない。金属などの固形物とは違うのだ。

その時点で、デパートから要請があり、捜査員が臨場した。しかし、この男性は、本社と支店の共謀による法違反に伴う詐欺罪になるから、刑事告訴すると主張し、後へ引かない。

そこまでの状況報告を電話で受けた私は、男性の身上を聞くと、「Y大学法学部の五十八歳のR教授」とのことだった。私の傍にいた幹部らも「ウエー、やはり……」と絶句していた。

道理で法律に詳しいことを言っている。しかし、詐欺罪としての犯意をどこでとらえたらよいのか、また被害の実害額をどのように計算したらよいものか。とにかく相手が捜査員の目前にいるのだから、至急に対応しなければならない。

私は短時間にあれこれと頭を回転させ、捜査員に電話をした。

「果物だから水分が蒸発して軽くなることもあると思う。それを詐欺の犯意に結びつけるのは難しい。それなら不足の二百グラムを金に換算して返せばよいのではないか。それでも相手が納得しないのなら、告訴を受理するしかない。教授に聞いてみるとよい」

そこで店側で不足分を計算してみると、二百グラムで五十円とのことなので、百円硬貨を渡すと、その教授は満面に笑みを浮かべて帰って行った、という。

その教授の真の狙いは、法正義とか理論より差額の利得であったのか。店側の責任者もレジ係も気が抜けたようにため息をついていた。捜査員らも納得した表情で戻って来た。

この教授の言い分にも一理はある。店側の対応も軽すぎた。もう少し早く、不足分を金に換算する考えが浮かばなかったのか。不当表示防止法……などの法律名や会社ぐるみ共謀の詐欺事件だ、などと言われ、動揺し、そこまで知恵が回らなかったようだ。

この事案は、客にも想像外の人がいるということを教えてくれ、店側、警察側ともによい勉強になった。

ある医師の主張

初冬の午後一時過ぎ、四十二歳の女性が買い物の帰りに横断歩道を歩いていると、普通乗用車が左折して来て衝突し、転倒させられた。

幸い、速度が遅かったので、女性はすぐ起き上がり、歩ける状態だった。相手の運転手は五十歳前後の男性で、

「あっ、どうもすみません。忙しくて色々と考え事をしていたものですから。ここには前は横断歩道などなかったのに……。どうしても必要なのかなあ。あなたも必要だと思いますか」

被害者の女性も、突然衝突されて、相手の運転手にそのようなことを質問されても答えようがない。まるでその横断歩道を作った方が悪いように聞こえる。その運転手は女性の足を見ながら、

「ああ、大したけがでなくてよかった。私は医師なので、見れば分かりますから。骨折はないようですね。もし、骨折していたら、痛くてじっとしていられませんからね。後で治療しますから、心配しないでください。とりあえず、私の車に乗ってください」

と言うので、彼女は助手席に乗り込んだ。相手の運転手は医師である、とのことなので、よかったと思い、同時に信用できると安心していた。

車はある建物の脇の駐車場へ入り、止まった。

「私はちょっと用事があるから、車の中で待っていてください」

と言い残して、その建物の中へ入って行った。

彼女は車に衝突されたとき、右腰に衝撃を受け、転倒して左足首を打撲したようである。しかし、相手は医師だというし、治療してやるとも言っている。さらに、待っていてくれ、とも言うので待つことにした。

ところが、左足首が次第に痛くなってきた。これはどうしたことか。もしかすると骨折しているのかも知れない。痛みはますますひどくなってきたが、相手の運転手は戻って来ない。すでに二時間が過ぎており、我慢の限界を超えてきた。

そこで彼女は車の窓を開けて、通行人に助けを求め、救急と警察へ連絡をしてもらった。駆けつけた警察官も、彼女の説明に首をひねりながら、彼女が乗っていた車のナンバーなどを照会し

ていた。足首の痛みはさらにひどくなり、歩けなくなっていた。彼女は救急車で病院へ搬送されて行った。

警察官が待っていると、車の持ち主と思われる男性が戻って来た。それは被害者の女性がはねられてから約二時間半も経過していた。

質問すると、その車を運転していたこと、横断歩道上で女性に衝突したことなどを認めている。彼はH病院の医師と名乗り、

「この車に乗せておいた私の患者をどこへ連れて行ったのか」

と大声で叫び、怒り出した。そこで患者からの要望で病院へ救急車で搬送したことを説明すると、また怒鳴っている。

「私が診察して大丈夫だと判断したから、この車に待たせておいたのに、医師の私に断りもなく、勝手に他へ運ぶとは……。もし、症状が悪化したら誰が責任を取るのか」

「いや、既に悪化して、急に痛くなったからと患者さんからの要請で搬送したのです。いくら医師で、自分で診断しても車内へ放置したまま居なくなっては、症状の急変に対応できないでしょう。聞けば、事故後かなり時間が経っているようですが、どこで何をしていたのですか」

「いや、私は君らと違い忙しい立場なのだ。この会館で医学の講演があり、その講師だったのだ。二百人の聴衆と、たった一人の軽傷者とではどちらが大切か。そのくらいの時間の経過は心配ないと私の診断後、車の中に待たせたことは問題ない。今、講演が終わったので、これから私の病院へ連れて行こうとしたのに……」

「エッ、講演の講師だって……先生、それマジですか。そのために二時間以上も車内で待たせるなんて」

「今、説明したように、私のやったことに問題がありますか。そんな驚いたような顔をしているが……」

　現場の警察官は驚いた挙句に、呆れた表情で戻って来た。この内容を説明すると、課員たちも驚き、課長以下で、討議した。

　いくら加害者が医師であっても、これは道路交通法第七十二条の救護義務と申告義務に違反するのではないか。少なくとも、講師として講演をしていた間は、放置したことに違いない。二百人の受講者が証人になる。また、この事故の当事者は相互に、住所も名前も分からなかったのである。

　加害者は、診断したから心配ない、と言うが、何ら治療行為はせず、結果的に被害者は激痛で耐えられなくなり、病院へ搬送され、治療を受けている。

　また、医師という職業でも、申告義務には除外事由はない。よって、不申告になることは間違いない、と主張する課員もいた。そのとき、別の課員が聞いた。

「ところで、その医師は病院で何を専門にしているのか」

「本人が言うのには、神経科だそうです」

「エッ、神経科だって。それでは交通事故の治療なんかやっていないのではないか。やはり、その神経が分からないよ……」

「しかし、専門外でも、医師は医師ですよ……」

ここで、七十二条違反の討議は途切れてしまい、課員たちはお互いに顔を見ながら、沈黙の態になってしまった。

この加害者の取調べを担当する課員は、事故原因の過失の立証よりも、救護義務と不申告のことをどのように扱ったらよいものか、と頭を抱えてしまった。

ある博士の主張

ある化学メーカーの独身寮で、寮生が死亡している、と医師から連絡があり、捜査員が検視のために臨場した。そこは我が国の一流企業の工場の近くにある独身寮で、全室が個室になっていた。

死者は、四十五歳の独身で、無類の酒好きとのことである。他の寮生の話では、アルコール中毒でかなり肝臓を悪くしており、病院通いをしていたらしい。その掛かりつけの医師が検視の立会いとのことで都合がよかった。

その個室へ入ると、床の入口から中まで、一升瓶、ビール瓶、空き缶、煙草の空き箱などが敷き詰められたように並んでいる。うっかり歩いたら、転がり倒れるかもしれない。足のつま先で瓶や缶などを左右にどけながら歩いて進んだ。死者は、一番奥の部屋の布団の上にパンツ姿で横になっていた。

検視の結果、外傷などは全くないが全身黄金色で、立会い医師の説明のとおり、腹水の貯留や黄疸が見られ、肝硬変による病死と判断された。二年前から、アルコール中毒症で通院し、かなり肝臓が悪くなっており、飲酒を止めないと生命に関わることになる、と告知していた。それなのに、床に空き瓶などを並べるほど飲んでいてはたまらない。医師は自殺行為だとも言っていた。

その時、寮監が言った。

「この人は自分の好きなだけ酒を飲んで死んだのですから本望ですよ。私らがいくら注意しても駄目でした。ただ、先月、研究論文が合格し博士号を授与されているのです」

「エッ、博士号だって……」と捜査員は驚きの声を上げていた。

この死者の枕元に大きな楕円形の皿のようなものがあり、それに食べ残しの肉と野菜があり、煙草の吸殻も山のようになっていた。この皿は食器とも見えず、何なのか、と皆で首をかしげていた。その時、別の捜査員が素っ頓狂な声を上げながら、走り込んで来た。

「私もこの大きな皿は何なのか、と思っていたのですが、洋式トイレのふたを取り外して使っていたようです。ふたがありません」

皆でトイレを覗いてみると、やはりふたが取り外されていた。

アルコール中毒症の肝硬変で亡くなった博士、彼は洋式トイレのふたを食器皿と灰皿に使用していたのである。この博士は、大変な姿を残し、何を主張したかったのか。誰にも分からない。

我々が見聞するこの世の出来事には、虚構の小説以上のものもあるが、捜査力はそれを上回ることを要求されるものである。

（「捜査研究」四月号）

磯吉さんの法事

吉《よし》岡《おか》昭《あき》子《こ》
（管理栄養士）

先日、父の二十五回忌の法要が岩国の実家で行われた。二十五回忌にもなると、あの悲しさ、淋しさも落ちついて親族の同窓会的な雰囲気になって来る。

集った私達兄弟姉妹の子供には、どういうことか男の子が圧倒的に多く、三十歳代を中心にして十人も居る。従兄弟同士は賑やかで、少し離れて集っていて、此方にいる私共親達の所にも楽しそうな声が聞えてくる。航空会社のコンピューターの管理部門にいる甥は、世界の空の安全を一人で担っているような声だ。亡くなった父が医者だった影響からか医師も三人いて、この子達は昨今の医療事情が話題のようである。

中にミュージシャンの甥がいる。誰かが「お前、まだ結婚しないのか」と言っている。私はちょっと聞き耳をたてた。三人を除いては皆、独身だ。「うん、どうしようか、と迷うこともあるんだけど。この人が磯吉さんの孫になってもいいかな？　と思うと考えちゃうんだよね」と言った。

磯吉さんと言うのは父のことで孫達は父が亡くなってからは、「おじいちゃん」とは言わないで「磯吉さん」と呼んでいる。同じように母のことは「おちかさん」である。おじいちゃん、おばあちゃんに一目置きながらも親しみを込めてこう呼ぶ。

父は名前の示す通り海辺の育ちである。人間が大好きで、賑やかなことも大好きだった。人が喜ぶとすぐ調子にのる。学生時代は『磯吉』ではなく『海苔吉《のりきち》』と言う仇名だったと笑っていた。町医者は自分の天職だと考えていて、大学から招聘があった時も断わっていた。夜中でも休日でも患者さんを診るし往診もする。大変な寒がりで冬の夜などは衿巻き、帽子、トンビを着て重装備で往く。帰って来ると「往ってよかったよ。あれは喜んでくれてねえ、放っとくと手遅れだったよ」と自分も嬉しそうだった。

ここに集っている孫達は晩年の父との付き合いである。海釣りが趣味で海岸に小さな舟を繋留していたし、写真も撮りに出かける。日の出が専門で岬の先や島の間から昇る太陽を撮影するためにタクシーを予約しておく。石を集めはじめると河原から拾って来て大小ゴロゴロと廊下に並べていた。孫達は夏休みなどに、早朝から起されてお伴をさせられた思い出を持っているのだ。何にでも熱中するおじいちゃんを、しょうがないなあと言いつつも愛すべきおじいちゃんだと思っていたようだ。

法要のあとは会場を移して会食となった。

長男である私の弟から「最長老の昭子姉に献盃の音頭を」と指名された。考えて見ると父と私とは、この中で一番古い付き合いという事になる。突然ではあったが、私はこの孫達の知らない父を紹介したいと思った。

娘時代、我が家は両親と六人の子供達で賑やかそのものだった。特に夕食の時は皆よく喋った。一日のこと、学校や友人のこと、社会の出来事の感想や、自分の恋愛、失恋まで何でも話題になる。うかうかしていると話題は人に取られてしまう事もある。喧嘩になると「それは、あなたの方がおかしい」と、皆から言われたら終りだ。兄弟の間には長幼の序もプライバシィも無いのだった。

その頃、若い私は父とよく話をした。夜更けの手術が終った時とか、往診や夜釣り、宴会などから帰って来た時は大抵、長女の私が起きて待っている。一緒にお茶にしながら話を聞くのは楽しかった。

献盃の言葉には三つの話をする事にした。

最初は友人に裏切られて悩んでいた時のことだ。私は「父さん、もし友達に裏切られたらどうする？」と聞いた。「友達に裏切られた？」と問い返した父は、一呼吸おいて「俺は裏切るような人間は友達だとは思ってないよ」と答えた。「そうか！」友達ではなかったんだ、と私の気持は軽くなった。

次は。この時、私は腹が立っていた。「父さん、私ね、人の誠意の判らない人、嫌いよ。誠意の無い人も嫌いだけど」と吐き捨てるように言った。父は何でもない事だと言うように穏やかに「昭子、それはねえ、受信機と発信機のようなもんだよ。波長が同じだと通じるけど、誠意のない人は、人の誠意を受信することが出来ないんだ」と言った。私は、この言葉に納得をして落ちついた。

最後の話は結婚して間もなくの頃のことである。夫の弟が経済的な理由で大学を断念すると言う。私は「私が面倒を見ます」と啖呵《たんか》を切った。しかし現実に預かって見ると、これが如何に大変かを思い知らされたのだった。父に話を聞いて貰ったら、「昭子」と父は優しく言った。「やり甲斐のある苦労はせい」と。だから、私は頑張ることが出来たのだと話した。

そして私は但し書きの言葉を付け加えた。「昭子、人生はね、自分のした事しか返って来ないよ。もしお前が友達を裏切ったら自分の心から友達を失う。自分が誠意を持たないで人に誠意を求めるのは無理だよ」と。話し終ると甥達は何だか嬉しそうだった。

「では磯吉さんに乾盃！」「乾盃じゃない献盃でしょ」と皆大笑いした。会場の外では、錦帯橋河畔の桜の蕾が淡いピンクを帯びて来ている。爛漫の春はもうすぐだ。

賑やかな『磯吉さんを偲ぶ』一日であった。

（「大阪エッセー」第四十二号）

「なっとく説明カード」の効用

矢《や》吹《ぶき》清《きよ》人《と》（医師）

患者にとって医師が説明する病名や医学用語はたいへん難しい。

ある大学教授が、病院で医師から病名を告げられて診察室を出てきた十人の患者さんに「いま、あなたが医師から聞いた病名を紙に書いてください」

という簡単なアンケートを行った。もちろん診察室の中の医師には、患者さんにはっきりと病名を告げたことを確認してある。

アンケートの結果は、九名が自分の病名を書くことができず、一人だけ書いた人も、その病名が違っていたそうである。まるでイソップの寓話のようではないか。だが、これはごくごく当たり前のことで、医師から、たとえば「ようぶせきちゅうかんきょうさくしょう」（腰部脊柱管狭窄症）「ついこつのうていどうみゃくじゅんかんふぜん」（椎骨脳底動脈循環不全）などと口頭で病名を聞いても理解できる人など居るわけがない。

ぼくは十五年ほど前から、新患の患者さんに、その場で説明しながら矢吹クリニック・オリジナルの「なっとく説明カード」に、病名や病気やケガの簡単な説明を書いて手渡すことにしている。横向きのハガキを縦に三枚並べた大きさの三つ折のカードである。

このカードを作るヒントとなったのは、当院が、宇都宮市の西部の作新学院や文星芸大付属中・高校、宇都宮短期大学付属中・高校そして陽西中学などが集中する学園地域にあり、放課後になると中学生や高校生などの若い患者さんが多いことにある。最初は、家への連絡帳のつもりでハガキ大の紙に病名や説明を書いて渡していたが、お母さんたちから「子供を一人でやっても、先生が紙に書いて説明してくれるのでよくわかる」と喜ばれ、これを発展改良させて現在の形とした。

カードのいちばん上には病名を書いて必ずフリ仮名をつける。

病名といっても大病や大ケガばかりとは限らない。膝をすりむいた傷が化膿すれば「右膝擦過傷感染」、お腹にガスがたまって腹痛を起こした三歳の男の子にも「ガスたまり症」というれっきとした病名がある。どんな小さなものであっても、自分の病名がわかると患者さんは納得し安心する。病名は、誰よりも患者さん本人の「もの」であり、また、病名というキーワードがあれば、他の医師からセカンド・オピニオンを受けることも、インターネットで詳しく調べることもできる時代である。

病名の下に病気の簡単な説明を書く。

このカードのいちばん「目玉」であり「いのち」でもある。患者さんと話をしながら、その人がこれくらいだったら分かりそうだという言葉や表現の見当をつけ、できるだけ短く、しかも易しく書くことにしている。あれもこれも書こうと欲張らず、その人が家に帰って、夕食の時間に、家族に自分の病状を説明できれば十分と思っている。

見本を示すと

病名「変形性膝関節症（へんけいせいひざかんせつしょう）」

説明「レントゲンで膝の軟骨と骨が老化ですり減っています。週一回ヒアルロン酸の注射で治療します。ナースが指導する太ももの筋トレもお願いします。ダイエットして三キロほど体重が減るとひざが喜びます」

といった風である。

説明欄に説明を書くばかりとは限らない。今日もまた転んでケガをして来たおばあさんには、太いマーカーで大きく「ぜったい転ばないよう気をつけること」と書き、玄関の壁に貼っておくように命ずる。飲みすぎが心配なおじいさんには食卓の前の壁に掲げるよう「日本酒一合以内厳守」と書いたりする。

その下には、おおよその全治までの見込み期間、通院の間隔、次の来院日を記入し、治療法を箇条書きにする。さらに、「生活上の注意・アドバイス」という欄では、食事や飲酒や入浴や運動・通学・就業についての指導を行う。

たとえば「風呂に入ってもいいかどうか」は、日頃診察の後で患者さんからかならず聞かれることなので、これを先取りして、「二日間入浴禁止」、「シャワーのみ可」などと指示する。

関節のじん帯を損傷したり、疲労骨折を起こしたりした運動部の選手たちにとって、部活ができないことは重大な問題であり、また、休むにしても、怖い監督やコーチの許可をもらうという大関門がある。そのためにもこのカードは絶大な威力を発揮して、「二週間部活絶対禁止」と書けば、黄門様の印籠にも匹敵する強力な「ドクター・ストップ」の処方箋となる。

子供のケガに付き添って来た学校や保育園の先生たちからも保護者への説明や学校への報告がきちんとできると喜ばれており、このカード一枚で、本人、親、学校の先生の三者が「情報を共有できる」ところがミソである。

若い医師向けに話を頼まれたときは、「分かりやすい説明」のモデルとしてこのカードを披露しているが、病院の勤務医からは「忙しすぎて、とても書いているヒマがない」と言われることもある。けれども、最初に十分な説明をして、患者さんに自分の病気をしっかりと理解してもらえば、良好なコミュニケーションも得られてその後の診療がスムーズになり、結局は時間の節約になることを実感している。書くにしろ、話すにしろ、難しい医学用語を分かりやすい言葉に置き換えて説明できることも医師の大切な技術の一つである。

「なっとく説明カード」は、日々どんな小さな病気でもマメにお世話することを生業としている町の医者が患者さんとうまくやるためのささやかな「おまけ」であり、また便利な「小道具」でもある。「易しさは優しさ」と思っている。

（「文芸栃木」第六十一号）

「なっとく説明カード」の効用

母の日

小《お》野《の》遙《はるか》
（無職）

母を介護老人保健施設へ入所させてから七ヶ月たった今年の五月十四日、母の日に、たまには集団生活の息抜きをさせてあげようと、母を父と二人で暮らしていた自宅に連れてくることにした。若い介護士さんが三階の母の部屋から玄関まで車椅子を押し、母を抱えて私の車の座席に座らせてくれた。車椅子は置いてきたので、家に着くと私が母を抱きかかえて車から降ろし、父が母の手を引き私が後ろから腰を支えてなんとか母を居間の籐椅子に辿り着かせた。身体を半回転させるようにしてその椅子に腰掛けさせると母は、「はあー」と、満足そうに息をついた。ポメラニアンのポチが入ってきた母に盛んに吠えかかる。だが、私が母の膝に乗せると、ポチはじっと大人しくなった。「ポチ、おばあちゃんのこと覚えているのかね」と、私は言ったが、母は嬉しそうに、「会いたかったよ、ポチ」と痩せた手でポチの背中をなでた。母は部屋を見回し、テレビの正面の席のリクライニングシートに座った父に、

「やっぱり家はいいわねえ」

と、話しかけ、傍らの私を振り向いては、

「ここにいると落ち着くわね」

と、安らいだ顔で言った。私も笑顔で頷くが、

「家はやっぱりいいでしょう」

と、自然には答えられない。そう言ってしまえば、その先の「家に帰りたい」という母の気持ちと向き合わなくてはならないからだ。

父の家から歩いて三分ほどの、ほんの近所にある私の家に、母の日のカーネーションとおやつのプリンを取りに行き戻って来ると、ポチが走り寄ってきた。母は、「あの、今、おじいちゃんに……」と、言いかけた。「なに……」と、言いながら、私は、三本の赤いカーネーションの花束を、

「はい、母の日、おめでとう」

と、言いながら母に渡した。母は言いかけた言葉を止めてその小さな花束を受け取り、

「まあ、ありがとう」

と、言ってくれた。私が台所からガラスの花瓶を持ち出し、「お花、ここにさしておこうね」と、そのカーネーションをテレビの横の物入れの上に飾ると、父が一人暮らしになってからますます片づかない殺風景な居間ではあるが、そこだけ空気が和らいだようだった。花瓶の向きを少し直す間も待ちかねたように母は、話しかけてきた。

「あの、おじいちゃんにも言ったんだけれど、そろそろ家に帰るわけにはいかないかね」

その言葉をとうとう母に切り出されてしまい、追いつめられた気分になった。この七ケ月、カ

ーテンとタンスで仕切った四人部屋での生活は物音も筒抜けとなり、見舞いに行く私達も周りに気を遣うほどなので、家に帰りたい気持ちは私とて良く分かる。春頃からか母は、「いつまで入院していればいいのかねえ」と、父や私に遠慮がちに聞くようになった。ベッドから車椅子への移動もままならない母をかかえて移している最中に、「ねえ、私はいったいどこが悪いの」と聞かれ、建物から出ることもあまりない日常に認知症が進み出したかと急に不安になり、「足だよ」と、ぶっきらぼうに答えてしまったこともある。そうやって、母の「家に帰りたい」という願いを曖昧に逸らしていた。実のところ、今年の二月に、家での生活は母にはもう無理と特別養護老人ホームへの入所申請を出してあり、今は順番待ちの状態なのである。家に帰りたいと手すりに摑まり歩行訓練に励んでいる母の姿を見かけると、私は母を裏切っているのでは、いや、施設のほうが今の母には安全な場所なのだと気持ちが騒ぐ。だから、椅子の側に座った私の顔を覗き込み、

「家に帰れないかね」

と、繰り返す母に、

「車椅子じゃ、家で生活出来ないからねえ」

と、私は口ごもる。

——お母さんが家に帰った先には、『生活』があるんだよ。お母さんの介護、私が背負うんだよ。近所といっても、私の生活が、一日何度も何度もこの家に通う『お母さんの介護中心の生活』になってしまう。それがずっとなんて、やっていく自信がないわ。分かってよ。

と、面と向かって言うよりはましだから、私は『車椅子』を理由に持ち出すのだが、言いつつもその言葉は空しかった。その時、父が、

「無理だよ」

と、答えた。すると、母は、

「私がこっちに居ると、家族がみんな倒れてしまうんだねえ」

と、薄く笑った。その言いにくい言葉が母の口から出たことに半ばほっとし半ば後ろめたく、「うん、まあ」と、頷きながら、「ま、おやつでも食べよう。プリンだよ」と、私は支度に立ち上がった。「うん、そうしよう」と、父がすぐ答え、「そうしよう」と、母も続けて声を上げた。

プリンを食べ終わり三人でテレビを見ながら四方山話《よもやまばなし》をしている間にも、母は、「家に帰れないかね」と、何度もその話を蒸し返した。母のここまでの思いを分かってなお譲れない『私の生活』ってなんだろう……。更年期を過ぎ確かに落ちた自分の体力気力に見合う生活。お稽古事と友人たちとの付き合いのある生活。申し訳程度のボランティアだが地域との繋がりのある生活。つまりは、自分のペースでの生活を守りたいのだ。母のせんない思いに比べればささやかな言い訳だ。母は赤ん坊の私を慈しんで世話をしてくれたのに、私は母の介護を引き受ける踏ん切りがつかない。そんな自分に苦い思いが湧く。私は雰囲気を変えようと、足元に来たポチをまた母の膝に乗せた。母は愛しそうにポチを撫でる母の横顔を見ていると、母にすまないという気持ちになる。

――お母さん、ごめんなさい。家に帰りたいんでしょう。でも、私は怖い。いつまでとも分からずに続く介護をしていたら、私はそのうちきっと私を縛り付けるお母さんを恨むようになって

しまう。だから、施設にいるお母さんの所に通う今のやり方でやらせて……。お母さんの期待に応えられなくて、ごめんなさい。

ところが、四時近くなると母は壁の時計を見上げてそわそわし始めた。さっきとはうって変わって、

「ご飯の時間になるから、はやく帰らなくちゃ」

と、言い出し、

「二十分もあれば帰れるから、まだ大丈夫だよ」

と、落ち着かせようとしても、母は施設へ帰りたい一心となっていた。

「おじいちゃんのご飯をお願いね。私は、あっちで食べなくちゃ」

と、まるで子供のように急き立てる母に戸惑いながら、父と二人で車に乗せ、施設へと送っていった。

施設に戻ったのは、四時半過ぎ。まだ、食事の用意は出来ていなかったが、三階の食堂のテーブルにはすでに入所者のおばあさんたちが席について、お仲間とおしゃべりをしたり、半分眠ったようにじっとしながら晩ご飯を待っていた。車椅子を押しながら、

「お部屋に行こうか。それとも、みなさんのいる食堂にする」

と、聞くと、母は、

「ご飯に近い所」

と、明るく答えた。車椅子をテーブルにつけると、父は「また明日ね」と、母と握手する。私

も、「又、明日来るね」と言ったが、別れ際の母の顔を見るのは辛く、そそくさと食堂の端のエレベーターに向かって歩き出した。エレベーターの前で振り返ると、足をひきずりながら父がこちらに歩いてくる。その背後には、向こう向きにテーブルについた母の車椅子の大きな紺色の背もたれが見え、母の姿はその陰に隠れて見えなかった。

（「なんじゃもんじゃ」桂月号）

読書の思い出

松《まつ》沢《ざわ》哲《てつ》郎《ろう》
（京都大学霊長類研究所所長）

物心がついたとき東京の下町にいた。両親とも東京の小学校の教師だった。兄が二人いて、一家五人が肩を寄せ合うように教員寮の一室で暮らしていた。

「ふしぎなたいこ」を憶えている。源五郎という若者がふしぎなたいこを持っていた。それをたたくと、鼻が高くなったり低くなったりする。ある日どこまでも高く伸ばして、ついに天まで届いた。ちょうど天の川で橋を作っていた大工に、杭とまちがわれて鼻がくくりつけられた。鼻を短くしようとたたくと、体がどんどん高く上っていく。けっきょく男は空から琵琶湖に落ちて、それで源五郎ぶなという魚になった。

「ちびくろサンボ」も好きだった。主人公の少年サンボが、両親から新しい靴・上着・ズボン・傘を買ってもらった。ジャングルに出かけて出会ったトラたちに食われそうになり、身に着けたものを一つずつ与えることで許してもらう。トラたちは、それぞれの品を奪い合って木の周りをぐるぐる回りはじめ、ついに溶けてバターになった。サンボの一家はそのバターでホットケーキをたくさん焼いて食べた。

「さるかに合戦」「おむすびころりん」「泣いた赤鬼」なども記憶に残っている。母が、忙しいなかで、繰り返し読み聞かせてくれたのだろう。

小学生になって、りんごの木箱を利用した手作りの机が与えられた。きれいな模様の紙を母が貼ってくれた。箱のなかに教科書と、お気に入りの本たちが入っていた。義経や弁慶の出てくる源平の合戦や、偉人の話が好きだった。振り返って不可解だが、けっこう興味が渋い。盲目の国学者で「群書類従」を編集した塙保己一《はなわほきいち》の逸話がある。講義をしていると、一陣の風が吹いて燈火が消えた。暗くて本が読めませんという門弟たちに、「目明きは不自由なものだなあ」と言った。また、陽明学者である熊沢蕃山がまだ若かったころ、弟子入りを志願して中江藤樹の門を叩き、雪の降りしきる中に立ち尽くした。そうしたようすが絵入りで描かれた本である。中津藩出身の福沢諭吉という人の名前もそこで知った。

小学四年生のときに郊外に引っ越した。新しい家には父の書斎を兼用した子ども部屋があった。壁一面にブリタニカの百科事典があった。その一冊を書架から適当に抜き出して見るのが好きだった。森羅万象が書かれていて、図も豊富で、見飽きることが無かった。両親が共働きのいわゆる鍵っ子だったので、家に一人でいる時間が長かった。父の蔵書に片端から手をつけた。「日本の歴史」「世界の歴史」「世界の名著」「世界の美術」そうしたシリーズの本もそろっていた。少し暮らしに余裕の出てきた両親が、買いたかった本にお金をつぎ込んでいたのだと思う。

二人の兄は、教員寮にいるころから伝書鳩を飼っていた。引っ越してからはもっと大掛かりに動物を飼い始めた。縦・横・高さともに二メートルほどの大きな鳥小屋を作った。キジ、ルリカケス、チャボ、セキセイインコ、ブンチョウ、キンパラ、ギンパラ、ジュウシマツなどがいた。シマリスもシマヘビもハムスターも飼ったことがある。

一家がくつろぐ四畳半の居間には掘りごたつがあった。いつもそこに皆が集う。こたつに脚をつっこんで本を読む。母方の祖母も母もクリスチャンだった。迷える子羊を抱いたイエス・キリストの像が、その居間の壁高く掲げられていた。額縁が古めかしい。母が嫁いだときに持ってきた品だという。

掘りごたつは、食卓であり、勉強机であり、食後の団欒《だんらん》の場所だった。母が「きょう、うちの子たちが……」と話を始めると、父が「うちの子たちは……」と応じる。「うちの子」というのは三人の息子たちのことではない。担任のクラスの子たちのことである。兄たちとは、飼っている動物の話をした。長ずるまで、どこの家庭でも団欒の話題とはそういうものだと思いこんでいた。

ある日、父が、諸橋轍次の「大漢和辞典」を買って来た。よほどの決意で買ったのだろう、それを居間に持ち込んだ。全十三巻、親文字五万余字、熟語五十三万余語を収録した世界最大の漢和辞典である。子どもが手を広げても届かないほどの幅があった。適当に抜き出して眺めてみたがさっぱりわからない。でも、なまやさしい事業でないことだけはよくわかった。「もろはし・てつじ」の名前が深く心に刻み込まれた。それ以後、キリスト像と諸橋大漢和のある壁面が、この家の最も聖なる空間になった。

中学一年生も終わりに近づいた春に母が亡くなった。歳の離れた長兄が食事も弁当も作ってくれた。ねだった覚えはないのだが、働き始めた兄がトランペットやフルートを買ってくれた。今思い返すと、ちびの弟が不憫だったのかもしれない。幼いころ近くの音楽教師にオルガンを習っていたので、自然と暗譜も採譜もできたし、楽器が好きだった。

兄が買ってくれたもので忘れられないのは、中央公論社の「日本の詩歌」のシリーズである。淡い藤色の装丁の本だった。たしか三十冊くらいあった。そこで知った立原道造、八木重吉、伊東静雄たちの詩集を好んで読んだ。

伊東静雄に「曠野《こうや》の歌」というのがある。以下のような詩句で始まる。

　わが死せむ美しき日のために
連嶺の夢想よ！　汝《な》が白雪を
消さずあれ

アルプスの画家、セガンティーニの絵から着想を得て、この詩を詠んだそうだ。後年、大学二回生の終わる二月に、厳冬の伯耆大山の鋭いナイフのような雪の頂上稜線を縦走したあと、倉敷の大原美術館に行った。セガンティーニの「アルプスの真昼」がある。後景に白雪を頂いたアルプスの連嶺が描かれている。淡く明るい景色の中に、かすかな憂愁が感じられる。

芥川龍之介、堀辰雄、立原道造。この三人に共通するものがあるのだが、それを知る人は少ないだろう。いずれも府立三中（現在の両国高等学校）の卒業生である。

当時、日比谷、新宿、戸山、西、両国といった、かつての府立中学であるナンバースクールが受験校だった。両国でなくて「ろうごく」高校だという揶揄もあったが、とくに受験勉強を苦とは思わなかった。公立の小中高をへて、最寄りの国立大学である東京大学に行く。それが手っ取りばやい親孝行だと思っていた。国立大学の授業料は月額千円だったからである。

高校時代は受験勉強に忙しかった。クラブ活動は山岳部でこれもけっこうきつかった。連立方程式、因数分解、複素数、微分・積分、そうした数学の問題から、物理学、地学、化学、生物学、世界史、日本史、地理、英語、漢文、古文、現代国語と盛りだくさんで、知るべき知識は無限にあった。やがて学園紛争がさかんになって世間は騒然としていた。

昭和四十四年（一九六九）の入学である。東大の入試がなかったので京大に行った。文学部で哲学をするつもりだった。諸学の父だと思ったからだ。ただし哲学書は一冊も読んだことはなかった。世界史の授業ででてくるギリシャの哲人アリストテレスの逍遥学派の姿が好ましく思えた。白い着流しを身にまとってそぞろ歩きながら、目に触れたものすべての該博な知識をもとに、あでもない、こうでもないと思索し問答する。

大学はバリケードで封鎖されていて授業がなかった。しかたがないので山岳部に入った。ほかにすることがないので山ばかり登った。「学部はどちら?」「山岳部です」というような生活である。一年後に封鎖は解かれたが、すでに山登りが生活の中心になっていた。毎年の山行日数は百二十日を越えた。山に登りながら、先輩の後姿を見て、仲間たちと議論しながら、自分の学問の道を模索した。南極でオーロラの観測をしたり、ヒマラヤで氷河を見たり、川の流速を測ったり、土中の微生物相を調べたり、そうしたことが学問になることを知った。

山行は二週間も三週間も続く。必ず長編の文庫本を持っていった。台風や大雪のためにテントや雪洞で終日過ごすことも少なくないからだ。ショーロホフの「静かなドン」は、二十歳の夏に北海道の日高山脈で読んだ。ピリカヌプリの直登沢を登りつめ、ペテガリ岳とのあいだのルートルオマップ川を下降する旅だった。人跡のない川原のテントの中で読み終えた日の夕暮れの情景がまざまざと甦ってくる。

やたらと長いものばかり読んでいた節がある。トルストイ「アンナ・カレーニナ」、ドストエフスキー「罪と罰」「白痴」「カラマーゾフの兄弟」、デュ＝ガール「チボー家の人々」、芹沢光治良「人間の運命」、住井すゑ「橋のない川」。心に重い本もあった。フランクル「夜と霧」。また、高橋和巳が京大助教授の席を去った時代である。同級生たちと同様に、「わが解体」「孤立の憂愁の中で」「悲の器」などを読みふけった。

一冊だけ、その後もずっと座右に置いている本がある。中島敦の作品集である。「山月記」「李陵」「弟子」、弓の名人になる姿を描いた「名人伝」が気に入っている。これと、オマル・ハイヤーム「ルバイヤート」、サン＝テグジュペリ「人間の土地」が、繰り返し読んだ三冊だった。

できるかぎりたくさんの本を読み、授業を聴いた。メルロ＝ポンティの現象学や、クワインの集合論や、ゲーデルの不完全性定理に関する本も読んでみた。でも、どうもしっくりしない。山に登り、本を読み進むうちに、しだいにわかってきたことがある。それは、自分のばあい、文字から得た知識だけではどうしても納得できないということだ。自分の目で見て、自分の耳で聞いて、手で触って、実感して確かめないと気がすまない。まだだれも見ていないものを見る、だれも考えていないことを考える。そこにこそ進むべき学問の道があると納得した。山登りで向き合った自然そのものについて、その見方を教えてくれる本に出会った。

ヤーコブ・フォン・ユクスキュル「生物から見た世界」、コンラート・ローレンツ「ソロモンの指環」、ジェーン・グドール「森の隣人」。いずれも、人間だけが世界の中心にいるわけではないことを教えてくれた。では、人間以外の動物たちに、いったいこの世界はどのように見えているのだろうか。彼らの見ている世界を知ることを通じて、人間そのものを知る、そういうユニークな研究がありえると確信するようになった。二十二歳の春だった。それが、やがてチンパンジー研究に出会う道だった。

（「學鐙」秋号）

空白の木曜日

星野博美《ほしのひろみ》
（作家・写真家）

予定がないと不安になる人というのがいる。先日コーヒーショップで見かけた女性がそうだった。

彼女はバッグの中から赤革の手帳を取り出してページを開き、しばらくの間眺めていた。そして突然携帯電話で片っ端から友達に電話をかけ始め、飲み会や食事やデートの約束をとりつけては次から次へと手帳に予定を書き込んでいった。電話をやめ、また手帳に見入る。どうしても予定の埋まらない一日があるようだった。

ぽっかりと空いた空白の一日——来週の木曜日。木曜日の空白が、彼女には耐えがたいものだったらしい。しまいにはいきつけの美容院に電話をかけ、この間かけたデジタルパーマがうまくかかっていないのでもう一度かけ直してほしい、ついては自分は来週の木曜日しか空いていない、何時でもかまわないから木曜日に予約を入れてほしい、と主張し、とうとう木曜日の予定を手に入れた。彼女は真っ黒に埋められたページをしばし見つめ、満足そうにほほえんだ。そして手帳をバッグにしまって立ち上がり、柱にかけられた鏡に自らを映し出して、うまくデジタルパーマがかからなかった髪を指先でくるくるとねじり、ゆっくり階段を登っていった。

こうして彼女の寿命は、また一週間延びたのだった。

一方、私の手帳は真っ白だ。厳密にいうと、昨日までの過去にはいろいろ書かれているが、今日から先はまるで白紙。未来には何も書かれていない。

そんな話を友人にしたことがあるが、「手帳を持つ意味あるんですか？」と核心をつかれた。「いや、過去を書くためにもやっぱり手帳は必要なんですよ」と、しどろもどろに答えると、「だったら日記を書けばいいのでは？」と、さらに痛いところをつかれる。「日記は日記帳に書いてますよ」というと、「じゃあ、ますます手帳は必要ないじゃないですか」と止めを刺された。

私には手帳が必要ないのか。そういわれてみたら思いあたる節はある。壁にかけられたカレンダーは何か月も前で止まっている。手帳を持つのは、暇な人間だと思われたくないという世間体のためで、カレンダーをかけるのは、どうせ来年は使えないから壁にかけているだけ。なくてもまったく不自由はしない。

コーヒーショップで見かけた女性は、予定がないことを何よりも恐れていた。それを私は空白恐怖症のようなものだと考えている。一人になってしまうと誰かに電話をかける。電車に乗れば携帯電話でメールを打ったりインターネットをしたりゲームをしたり。携帯電話という便利なおもちゃを手にすると、驚くほど時間をつぶせるから、空白の時間はどんどん消えてゆく。だからたまに空白の時間に直面すると、どうしていいかわからなくなる。

しかし私には彼女が羨ましくも思えた。私は逆に空白がないことが不安でたまらない。予定は常に現在を束縛し、それに向き合いたくないという自分の弱さを突きつけてくる。「予定があると不安」より、「予定がないと不安」のほうが、よほどまともに思える。

彼女を真似て私も手帳を開いた。しかし見つめても見つめても、書くべき予定は何も思い浮かばなかった。

（「東京人」一月号）

「バス停巡礼」の愉しみ

泉《いずみ》 麻人《あさと》
（コラムニスト）

幼ない頃からバスに乗るのが好きだった。それは、わが家が目白通りという幹線道路のすぐそばで、昭和30～40年代の当時は都心と郊外を結ぶ何本もの路線バスが走っていた環境が関係しているのかもしれない。そんな趣味が高じて、物書きの仕事を始めてからも〝バスの旅〟をテーマにしたエッセイをしばしば執筆する。バスの魅力はいろいろとあるのだけれど、僕は昔から〝停留所の名称〟に強い興味をもっていた。

そういったバス旅に出るときには、まずその土地の詳細な地図をシラミ潰しに眺めて、どこかに面白いバス停はないか？　と探すところから始める。この春、一週間ばかり旅した四国では、次のようなバス停に巡りあった。

十八女――これは徳島県の那賀川《なか》ぞいの山間部にあって、サカリと読む。おそらく、娘十八は女盛り、って由来なのだろう。なかなかシャレた地名だが、このバス停が立つ寂しい集落には、十八女と思《おぼ》しき若い娘さんの姿はまるっきり見られなかった。

かばの休場――地図で見つけて、高知県の仁淀川《によど》上流の山奥へ、その奇妙なバス停をわざわざ確認しに行った。動物のカバが休んでいる……ようなシュールな景色をふと思い描いていたのだが、無論そんなことはなく、そこはたぶん樹木の樺《かば》の貯木場でもあったのだろう。が、すぐそばに見つけた墓石に「岡林」の名が刻まれていた。もしや、オカバヤシさんが休んでる場所……なんて奇抜な推理もふくらんできた。

この十年来、北から南まで、様々な土地を路線バスで訪ね廻った。新潟県の栃尾《とちお》郊外には「人面」という集落がある。人面入口、人面農協……と停留所が続く様はちょっと刺激的だった。当然僕は、人面魚、人面犬などのジンメンの読みをあてていたのだが、これはヒトヅラと読む。当初は四人面《しとづら》の名で、村を開拓した四人の有志にあやかった地名、と土地の人から伺った。

北海道のオホーツク海の海岸ぞいを、冬の季節に流氷を眺めながら、紋別から稚内まで上った。オコッペとかオッチャラベ……テープから流れる女声アナウンスのアイヌ語調のバス停も面白かったが、長沢前とか大沢前とか、原野にぽつんと建った民家の名と思しき停留所にも出くわした。そう、人名といえば、津軽半島の西海岸をバスで辿っているとき、通過する窓越しに「太田光」なるバス停を見た。あの爆笑問題の太田氏とまんま同じ綴りだが、この読みも確かオオタッピとアイヌ語調だったと思う。

珍名バス停との出会いで、忘れられないのが種子島でのこと。バスとは関係のない紀行取材で、宇宙センターを訪ねて近くのリゾートホテルに宿泊したとき、あたりを散歩していたら「阿多惜経」という印象的なバス停に出くわした。種子島のバス停は木造りで、赤青白のトリコロールのペンキ塗りに名称も筆書きされていて、これがまた旅情を誘う。現地の人に尋ねたところ、あったらきょう、と読むらしい。また辞書に「阿多惜《あたら》しい＝もったいない、惜しい」などの意味が載っていたので、お経が失くなってもったいない……廃仏毀釈なんかに絡んだ地名なのかな……推理を浮かべてエッセイに書いた。

すると、たまたまその文章を読んだ集落の人からお手紙が来て、詳しい資料をお見せするから機会があったらいらっしゃい……と誘われたのだ。阿多惜経集落の区長のお宅を訪ねると、タカラまんじゅうというサンニン風の葉で包んだ南国らしい餅菓子が振る舞われ、〈惜経家系譜〉と記した地史の系図を見せてくれた。有力説は、土地に根づいた法華宗が明治の廃仏毀釈で弾圧を受け経文などを失った……というもので、僕の推理はほぼ当たっていた。リゾートホテルのすぐ裏の山蔭に、系譜の先頭にあった法華僧の祖の名を刻んだ石碑が隠れるように置かれていた。

阿多惜経、あの素敵なバス停はまだ立っているだろうか。

（「現代」八月号）

妻への手紙を書きつづけて

世捨人

車谷《くるまたに》長吉《ちょうきつ》
（作家）

私は一枚の油絵を持っている。私の母校である飾磨《しかま》中部中学校の、図画の教諭であった内海敏夫先生の描かれた絵である。飾磨の玉地《たまち》橋の上から、東堀（飾磨川）の方を見た風景画である。大阪瓦斯《ガス》のタンクや浅田化学の工場などが描いてある。その先は播磨灘である。昔、姫路藩飾磨代官所があったところである。昭和二十五年の絵であるが、その年の春、私は飾磨の双葉幼稚園に入園した。二年制の幼稚園だった。

その頃、宏之叔父（母の次弟）は飾磨中部中学校へ通っていた。若き日の内海先生の教え子である。宏之叔父は県立姫路西高等学校の卒業が近づいた頃、大阪大学工学部の入学試験を受けたが、失敗し、東京の駿河台予備校へ行ったが、その予備校の途中で挫折した。翌年、飾磨の須加《すか》にある坊勢《ぼうぜ》汽船の乗り場から、連絡船に乗って坊勢島へ行き、そこの代用教員になった。が、その代用教員生活に行き詰まり、昭和三十二年春、私が飾磨小学校六年生になった時、宏之叔父は飾磨の生家の納屋の梁《はり》に縄を掛けて首吊り自殺をした。享年二十一。私の人生において最大の事件だった。私の小説「鹽壺の匙」はこの叔父の自殺を書いたものである。

宏之叔父の坊勢行きは、世捨人になりたいという意志があってのことに相違ない。が、そう簡単に世捨人になれるものではなく、坊勢島へ行けば行ったで、そこには生活がある。無論、大阪大学の入学試験に受かっていたとしても、そこにも生活というものがあり、その生活に挫折して、自殺する人もいる。私も姫路西高等学校の入学試験に失敗した時は、自殺を考えた。そして三十一歳の時、東京で生活が破綻《はたん》した時も、自殺を考えた。が、私は自殺をしなかった。どうしても宏之叔父の生涯を小説に書きたい、という意志があったから。三十八歳の夏、ふたたび東京へ出て来て、苦心の末、四十三歳の夏、「鹽壺の匙」（新潮文庫）を書き上げた。二十九歳の春、東京から坊勢島へ取材に行ってから、実に十四年後のことだった。

この時点で、私の人生は終っていたのである。京都へ行って、出家遁世しようと思うた。ところが私は意志が弱く、出家遁世できなかった。出版社の人にちやほやされているうちに、いつしか六十二歳になってしまった。書く材料がそれだけあった、ということかも知れないが、一番大きな原因はその頃、高橋順子（うちの嫁はん）に惚れて、結婚したい気を起こしたことにある。そして結婚して見ると、生活するために、日銭を稼がなくてはならなくなった。嫁はんを放っておいて、どこかの寺へ行けなくなったのである。そしていまでは、出家遁世できなかった代りに、嫁はんより早く死にたい、ということばかりを願っている。ところが世の中を見ていると、願い通りには行かないことはしばしばあり、独《ひと》り、この世に取り残されたらどうしよう、ということばかり考えている。江藤淳氏のごとく、すぐ後追い心中できるのか。

この問いが重く、苦しく私にのし掛かっている。人はそう簡単には死ねないのである。死ぬのは恐いのである。宏之叔父は余程追い詰められたのだろう。宏之叔父の弟・雅彦叔父も五十歳で自殺した。私が四十九歳の夏だった。こちらは生活に窮したからである。宏之叔父が死んだあと、金貸しの母親に甘やかされて育ち、自分で自分の喰い扶持を稼ぐ能力がないのに、嫁を当てがわれ、家を建ててもらい、四人の子を生ませ、母親が生きている間は何とか喰わせてもらっていたが、母親が老衰で死ぬと、たちまち窮してしまった。自分で銭を稼ぐ術《すべ》を知らなかったのである。普通、五十歳にもなれば、親に金をやるのが世間の通り相場であるが、その逆だったからである。金がないのに、姫路の花街へ呑みに行くのが好きだった。その金は母親から出ていたのである。生き甲斐をなくしたのだ。母親としては、宏之が死んだあと、雅彦には金の苦労をさせたくない、と考えたのだろうが、これが間違いの元だった。

世捨人にも、銭が必要なのである。銭がなければ、世捨人になることも出来ない。上野公園や江戸川の河原へ行くと、ルンペンがたくさん野宿をしている。私はそういう生活を嫁はんに強《し》いたくなかったので一生懸命、小説を書いて原稿料を稼いで来た。本当は世捨人になりたかったのである。でも、なれなかったから、小説を書いて来た。これも相当に苦しい。決して生易《なまやさ》しいことではない。本当を言えば、「鹽壺の匙」を新潮に発表した直後に世捨てを実行すればよかったのだ。編輯者の甘言に乗らなければ、よかったのであるが、乗ってしまったのだ。このへんが私の甘さだろう。

うちの嫁はんも実は編輯者で、その頃、自費出版専門の出版社「書肆とい」を一人で経営していた。私はここで「鹽壺の匙」を九十九部、上板してもらって、あとは京都の禅寺へ行く積もりだった。ところが高橋順子は私の「鹽壺の匙」の生原稿を読むや、「これは、うちみたいな自費出版専門の出版社で出すような原稿ではありません。」と言うて、「新潮社か文藝春秋のような、然るべき出版社で出すにふさわしい原稿です。」と言い張り、結局、私はその意見を容れ、新潮社へ原稿を持ち込んだのだった。思えば、これが過《あやま》ちの元だった。本は高い評価を受け、三十万部も売れた。そうなると、ほかの出版社も放っておかない。私はたちまちのうちに「作家」というレッテルを貼られ、身動きが取れなくなり、高橋順子と結婚する破目に陥ったのである。

されば、あとは日銭を稼ぐほかには何もない生活に陥り、たちまちのうちに六十二歳になった。何しろ嫁はんを喰わせて行かなければならない。時には百貨店か銀座の店で、高い洋服も買ってやらなければならない。女はそれを要求するのである。これが女の生き甲斐である。それを買うてやるのが男の甲斐性と言えば、甲斐性かも知れないが、果してこういう生活がよかったのか、私はくり返し迷うのである。私のようなあんぽんたんは、迷っているうちに、死ぬのだろう。あはは。

（「新潮」八月号）

自衛隊のアトム

梯《かけはし》久《く》美《み》子《こ》（作家）

小学生の頃、自衛隊の中を通って通学していた。札幌市郊外の駐屯地である。住んでいた団地と小学校の間に敷地が広がっていて、迂回するとかなり時間がかかる。そこで小学生は学校の行き帰りに限り、中を通ってよいことになっていた。ランドセルが通行証代わりである。

表門から裏門まで、まっすぐ歩けば五分足らずだが、学校帰りにはよく何十分も道草を食った。駐屯地内をこっそり探検するのだ。子供ながら心得ていて、偉い人がいそうなところや叱られそうなところには近づかない。そういうところは建物自体が何となくいかめしい感じがするのでわかる。もっぱら売店や食堂があるエリアや、若い自衛官の宿舎があるエリアをぶらぶらしていた。

低学年の頃の最大のお目当ては、敷地内にたくさんあったコカ・コーラの自動販売機だった。買って飲むのではない。王冠が欲しかったのだ。その頃（昭和四十年代）のコーラは瓶入りで、自動販売機には栓抜きがついていた。栓抜きの下にボックスがあり、抜いた王冠がたまるようになっている。同じクラスの仲良し三人組でそれを集めて回った。十個集めて応募すると、景品としてコーラの瓶をかたどったキーホルダーがもらえたのだ。ボックスは手が入らない構造になっていたが、勉強のできたトシエちゃんが磁石を使って王冠を一網打尽にすることを思いついた。そんなわけで、三人組はキーホルダーをいくつもランドセルにつけ、クラスのみんなをうらやましがらせて大得意だった。

自衛隊の中でそんなことをしていても、叱られたことは一度もない。小学生だからお目こぼしされていたのだろう。非番の自衛官が遊んでくれることもあった。宿舎のロビーでマンガを読ませてくれたり、流行歌のレコードを見せてくれたり。ハモニカを吹いてくれた人もいる。ほとんどが若い自衛官だった。今思えば十代だったのかもしれない。

運動場のベンチに座り、木切れで地面に鉄腕アトムの絵を描いてくれた自衛官がいた。その横顔がとても真剣で、私は彼の絵を持ち帰りたくなった。紙持ってないの、と訊くと、少し迷って胸ポケットから四つ折りにしたわら半紙を出した。表には何かが印刷してある。仕事で使う紙じゃないのかな。いいのかな。子供心に思ったが、絵が欲しかったので黙っていた。ランドセルに入っている自分のノートに描いてもらえばいいとは考えなかった。学校のノートは勉強にしか使ってはいけないと固く思い込んでいたのだ。

いろいろなポーズのアトムを描いてもらった紙を受け取り、帰り道でそっと裏返してみた。難しい漢字が並んでいて誰かのハンコが押してある。やっぱり仕事の紙だったんだ。怖いような気持ちになり、家に帰ると引き出しの奥に仕舞ってそれきり見なかった。

今でも時々、若い自衛官が描いた、目の大きなアトムを思い出すことがある。彼はあの後、お咎めを受けたろうか。

（「東京人」二月号）

還ってゆくところ

高田《たかだ》　宏《ひろし》
（作家）

体育館の壁に貼り出されていた生徒たちの俳句のなかに、ぼくの目を引きつけた一句があった。

「大寒や地蔵拝んで走るのさ」という二年生男子の作だ。

五島列島の小値賀島《おじかじま》へ行ったときのことである。この島には前にも一度渡っていて、島の人びとのゆったりとした暮らしぶりと、そこから生まれる旅人への礼儀正しく優しいもてなし心に、都会ではあまり感じることのないやすらぎを覚えていた。そのときの紀行文が縁で小値賀中学校の文化祭によばれたのだった。

「大寒や」の句を見て、ああ、この島らしいなあ、と心がなごんだ。寒い朝、マラソンか駅伝の練習で走っている少年が、道ばたのお地蔵さんのところで足をとめ、両手を合わせている姿が目に浮かぶ。島には地蔵などの野仏がたくさんある。小さな祠《ほこら》もある。島の人びとは大人も子供も、いちいちその前で足をとめて拝む。黙って通り過ぎたりはしないのだ。

普通に言う宗教心や信仰心とは違うかも知れない。日々の暮らしのリズムみたいなもののようである。だが、それが島に流れる時間と空気を、おだやかにしているのではないだろうか。

ぼくはこれまで日本列島の五十数島を訪ねている。有人島の一割強にすぎないのだが、小値賀島だけでなく多くの島で、同じような光景を見てきた。島と島をつないでいる小さな定期船の操舵室に、観音菩薩像と聖母マリア像が並べて貼ってあるのを見たこともある。通勤通学バスのようなこの小船の船長さんは白髪のなんとも穏やかな温顔の人で、乗客たちに慕われている。船長さんと小学生や主婦らしい人たちとの会話が、聞いていて楽しく、心地よかったものである。何十年もそうして船を走らせている船長さんの人生は、おそらく満ち足りて悔いのないものと思われた。熱心な仏教徒でも熱心なキリスト教徒でもなさそうだが、親しい乗客たちのために海上安全を祈って観音さまやマリアさまに日々手を合わせておられるようであった。「大寒や」の中学生も、この船長さんのような大人になってゆくのではないか、そうあってほしいと願ったことだった。

海の民は、海という強大な自然と向き合って生きているからであろう、神仏に祈る心が日々の暮らしのなかに根付いているようだ。能登の漁村で夜明けの網起こしに出る船に乗せてもらったことがある。獲れた魚を積んで漁港に戻り番屋で朝食をいただいたのだが、そのとき漁師さんたちに、朝食のあとはどんなふうに過ごすのかとたずねてみると、まず神社やお寺におまいりする、という答であった。おまいりをすませたら家に帰って孫と遊ぶ楽しみが待っている。そのあとは酒を飲んで昼寝だよ、というのだ。大漁の日も不漁の日もあるが、そういう暮らしのリズムは変わらない。

ぼく自身は海の民ではない。だが、中学生や高校生のころは、よくひとりで日本海の浜辺に立っていた。育ったのが北陸の小都市で、家から小一時間歩くと海に出られた。ゆったりとした春の海も、逆巻く冬の海もあった。海を見ていると、自分がどこにいるのかをほとんど忘れていた。どの時代にいるのかも気にならなかった。海は何万年前も今も、浜辺に波を寄せつづけている。とりわけ雪の降りしきる海は、無限とか永遠を実感させてくれた。ふと気がつくと、日が暮れかかっていたりした。晴れた日なら暮れてゆく海に太陽があかあかと落ちてゆく。落日に染まる海は荘厳のきわみであった。その海に感動して涙を流していたことも二度や三度ではない。

地球、というより地球を浮かべている宇宙への没入感が、そこにあった。それは、日々見上げていた白山にも、その白山を白くし町を白くする雪にも、同じように感じる敬虔な心持ちであった。

ぼくはいちおう浄土真宗大谷派の門徒である。小学生のころはお寺の日曜学校に通って、教行信証《きょうぎょうしんしょう》を誦《とな》えていた。しかし、仏教徒であります、とは断言できない。南無阿弥陀仏を唱えることがなくもないけれども、ぼくがいつか必ず直面する死と向き合うときに、念仏を唱えるとは思えない。

いまのところ、ぼくはあの海へ、あの山へ還ってゆくのが、みずからの死かと思っている。海や山への散骨をねがうわけではない。何万年後か何百万年後かは知らないが、ぼくを構成していた原子群はおのずと大自然の一部になってゆくだろう。別にそれで安心するのではない。ただ、海を見、山を見るとき、老年になった今はことに、そこが還ってゆくところだという気がしてならない。こういうのを宗教心とも信仰心とも呼ばないであろうが、不信心モノのささやかなあこがれである。

（「文藝春秋SPECIAL」季刊七月号）

包みの中身

出《で》久《く》根《ね》達《たつ》郎《ろう》
（古書店主・作家）

昭和五十二（一九七七）年十一月十五日に、横田めぐみさんが北朝鮮に拉致された。その二十三日後に、私は結婚した。喜び勇んでいる時期に、このような悲劇があったとは、知るよしもない。

私は古本屋を開いて、四年目だった。駅から歩いて十一分の店で、大通りに面していた。これからは車社会だから、人通りが主の商店街よりも、車で買物ができる場所の方が発展する、とにらんで決めた。ねらいは正しかったが、古本屋の客は、大体が車ぎらいだった。車を買う金があれば、本を買う人たちなのである。

当てが外れて、私の店は閑古鳥《かんこどり》の営巣地となった。私には結婚を約束した相手がいたけれど、とても所帯を構える段ではない。一人口は無理でも二人口は養える、というが、嘘である。一人口さえ覚つかないのだ。

結婚できたのは、カミさんの大事な楽器と蔵書のお蔭である。

そもそもカミさんは、私が勤めていた古本屋の客であった。毎日のように、本を買いに来る。

時代小説を買う。若い女が古本屋に出入りするのも珍しいけれど、求める本がまた娘らしからぬ。夕方になると現れる。粋《いき》な江戸小紋のエプロンをつけ、買物籠から財布を出す時、いつもオデンの匂いがした。飲んべえの父親の好物に違いない。病身の母に代って、料理してやるのだろう、と私はうっとりと想像していた。

店の近所の会社の社長が本好きで、この人は閉店まぎわにあたふたとやって来る。一度、社長に頼まれて祝辞の文案を書いた。社長の御意にかない、以来、何かと目をかけてくれる。新規開業の飲み屋を見つけたから、お供をしないか、と誘われた。近くに、「おでん燗酒」の赤提灯の店ができていた。母と娘が二人で切り回している。娘は高校生らしい。夜の十時頃、裏口で「ただいま」という声がした。しばらくして、調理場にエプロン姿の娘が現れた。江戸小紋のエプロンである。私たちは互いに目を丸くした。

銚子を持って挨拶に来た娘は、オデンでなく、新刊の匂いがした。社長とは顔見知りらしい(あとでわかったが、店舗を探す際に、地元で顔の広い社長に助言を受けたらしい。社長は世話焼きであった)。

私は店が終ると銭湯に行き、湯道具を持った足でオデン屋に寄った。その時間になると、娘が勤めから帰って、店に出るのである。オデンもそうだが、私は本の香のする娘が、尚いっそう好きになっていた。

娘の身の上を、私は娘からでなく例の社長から聞いていた。小さい時に父親を亡くし、女手ひとつで育てられた。高校を終えると、会社の事務員になった。しかし給料だけでは、親と妹と三人口が賄《まかな》えない。そこでオデン屋を開いた。会社から帰ると仕込みをし、一切の準備を調《ととの》えると、店を母と妹に任せ、自分はバスで二十分の新刊店にバイトに行くのである。夕刻七時から三時間、レジ係をつとめた。日曜は懇意の医院で、健康保険計算のバイトをした。休むことなく働いた。

唯一の楽しみは、新刊店の給料で好きな全集を一冊ずつ買い揃えることだった。それから月賦でピアノを購入した。三味線を求めた。

結婚費用が一向にできない、とこぼすと、では私の楽器と全集を売り払って作りましょう、と提案した。私が返事をためらっていると、さっさとピアノと三味線を金に換える算段をした。全集は私が古書市場で処分した。吉川英治や長谷川伸、子母沢寛《しもざわかん》など「時代小説」家の全集だけでなく、いわゆる純文学作家の個人全集も揃えていた。当時はこれらの古書価が、最も高価な時代であった。

新婚旅行は、伊豆の温泉に一泊である。一番安い部屋を願ったら、布団部屋の隣に案内された。二人で頭を寄せあい、金勘定ばかりしていたので、宿の人は不審に思ったらしい。宿泊代は前金になっております、と切りだされた。忘年会らしい騒ぎが夜っぴて響いて（何しろ上等の部屋ではないから）、ハネムーンというムードではなかった。

結婚してカミさんが一番驚いたのは、古本屋の売上げの少なさだったそうである。老舗の新刊店のレジ係から見れば、確かにその通りだろう。果してやっていけるのか、と不安の毎日だったらしい。

「大丈夫だよ」私は強がって見せた。あげく、いざという時にはわが宝物が物を言うさ、と出まかせを述べた。古書市場に出せば、ン百万円になる本を持っている、それは新聞紙に包んで隠してある、と吹いた。カミさんは真面目な顔をしてうなずき、「古本って、もうかりますものね」と言った。蔵書が思いがけない値で売れた事実を指したのである。

私はカミさんの手前、それらしき新聞包みを作り、「開封厳禁」と記して、結婚式関係書類の箱に納めた。この間、二十九年ぶりにその包みを開いたら、カミさんが私の店で買った時代小説が現れた。せいぜい百円の本だが、私にはン百万円の価値の品なのである。

（「文藝春秋」二月臨時増刊号）

消えない輝点

上《うえ》野《の》　朱《あかし》
（古書店主）

テレビが、壊れた。

といっても一応画像は出るし音声にも問題はないが、色が変なのだ。どうやら光の三原色、赤緑青のうちいずれかひとつふたつが、その時によって抜け落ちるらしい。

赤だけが抜けたときには、画面全体、初夏の草原のような涼やかな色合いになるが、緑が抜けると画面は紫がかった毒々しい色で、ニュースキャスターもお天気お姉さんも、みんななんだか悪い人のように見えてしまう。いちばんいけないのが赤と緑が抜けたときで、画像はすべて青の濃淡のみになり、どんな番組もすべてホラー映画のように見える。

では総天然色で見たいときにはどうするかというと、ひたすら叩くのだ。昔のテレビは映りが悪いときは叩いていたね、と懐かしむ声もあるが、わが家は二十一世紀の今も叩く。あちこち叩いているうちに、叩きどころというのがわかってきた。わが家のテレビは画面左上が急所なのだ。そこを的確に突くと、うまくすると一発でフルカラーになるが、叩くたびに赤バージョン、青バージョンと色を変えてゆき、十発目くらいでほどよく色づくときもある。

「あんたが韓流ばかり見るから、テレビまで色ボケになった」と、つれあいの責任を追及したが相手にしてくれない。また最近一人暮らしを始めて新しいテレビを買った息子は「ぼくのテレビはねえ、叩かなくても色が付くんだよ」とにやりとした。しかしこの息子、幼いころには「むかしの世界は、みんな白と黒だけだったの?」と、可愛い疑問を口にしたのだった。

そう、わが家のスクラップブックに貼り付けられた古い写真はみな白黒。そしてテレビ放送も当然白黒だった。またある程度の年齢以上の人にはわかりきったことで、今さら説明不要だが、そのころのテレビはスイッチを入れてから画像が出るまでに時間がかかったから、大相撲で好きな力士の取り組みが迫っているときなど、じりじりしながら待っていたものだ。またスローモーションなんていうものもなく、きわどい勝負の時には「分解写真」というぎくしゃくと動く映像で、どちらが先に落ちたかを見せてくれた。放送自体も今のようなほとんど二十四時間たれ流しではなく、午後の数時間は「テストパターン」という静止画像が無言で映っているだけだった。

そんな映画「ALWAYS 三丁目の夕日」のような時代の白黒テレビで私が最も印象に残っているのは、スイッチを切ったあともしばらくの間、画面の中央に残っていた小さな光の点だった。テレビというのは限られた番組だけ見て、終われば速やかに消すというありがたいものだったから、夜明けの星のように次第に光を失ってゆくその小さな輝点さえもなごり惜しく、ブラウン管全体が腐った沼のような色になってしまうまで、未練がましく見つめていたのだった。

といっても、これはわが家のテレビのことではなく、近所に住んでいたヒサシ君の家のテレビだった。そのころわが家にはテレビがなかったので、私より少し年上のヒサシ君のところに週に三十分だけ、もらい湯ならぬもらいテレビに行っていたのだ。

私が両親と共に筑豊炭田の片隅の廃坑集落に引っ越してきたのは、一九六四年早春のこと。その四年前に『追われゆく坑夫たち』(岩波新書)を出して筑豊在住の記録者として知られるようになった父・上野英信は、筑豊の地底から追われた炭坑夫のために一生を捧げる、筑豊を根城として日本の近代と闘うという決意のもと、妻子もろとも我が身を投じるように、日暮れの早い谷あいの集落に移り住んだ。国税局差し押さえ物件の競売で、崩れかけた炭坑長屋一棟と共同便所を九五〇〇円で買い取り、それを補修して「筑豊文庫」と名付けて地域のための公民館兼図書館とし、ゆくゆくは労働者のための文化センターにまで育てたいという希望を持っていたのだった。そしてそこは同時に私たち親子三人の住まいでもあった。

もともと貧乏物書きの父だったので、この地に居を定めるまでは親子が一緒に住むことさえままならず、妻子はその実家に寄食していたくらいの暮らしぶりだったし、筑豊へ移り住むにあたっては、友人知人に広くカンパを乞うてやっとのことで実現した「筑豊文庫」だったから、テレビなどという不要不急の高級品を買えようはずもない。また、父自身おそろしく神経質で静寂を好んだので、家庭内のすべての音は「お父さんの仕事の邪魔になるもの」として排斥されていた。

とはいうものの当時の私は小学校の低学年、学校での友人たちとの話題はまず「きのうのテレビ」についてである。ゆうべ見たテレビ番組が話題の中心になるので、見ていない者は輪の外でぽつんと一人でいるしかない。それはなんとも寂しいことだったが、私には「テレビが見たい」と言った記憶はあっても、「テレビがほしい」と言った記憶はない。わが家では買えないもの、あるいは買ってはいけないものという、諦めのような意識がどこかにあったのかもしれない。

そんな息子をさすがに哀れと思ったのか、私の両親がヒサシ君のおやじさんに頼んでくれて、週にひと番組だけ、彼の家に見に行くことを許された。しかしひとつ条件が付いた。彼のところでテレビを見せてもらうことは、けっして口外してはならない、と。

その理由もわからないままに喜び勇んで見に行った私は、帰ると真っ先に母にこう報告したのだった。「ヒサシ君のところは、テレビをとっても大事にしているよ。だって押入に入れて、毛布まで掛けてあるもの」。

けっして口外してはならない理由、テレビが押入で毛布をかぶっている理由は、あとになって私にもわかる。当時テレビは生活保護受給世帯には贅沢品として所有を禁じられ、それがばれると保護費の支給を打ち切られかねなかったのだ。そしておやじさんが炭坑離職者のヒサシ君の家庭も生活保護を受けており、それゆえ彼の家では――近隣の家庭と同じように――その禁じられた品を押入の中に隠して、福祉事務所の職員が訪問する心配のない時にだけ、音を絞って見ていたのだった。

誰も生活保護で贅沢をしようとは思わない。だが細々とした日雇いの仕事だけでは到底食べていけないので、生活保護を申請する。しかし働いていることがわかれば、稼いだ分を保護費から減額されるか、最悪の場合は打ち切りだ。つまり一旦生活保護を受けるようになった者は、その枠から出てはならぬということであり、そんな家庭にテレビなどもってのほかということだったのだろう。まったく本末転倒だが、人を救うはずの社会福祉制度は、職を失った人々の生殺与奪の権を握る禍々《まがまが》しいもの「フクシ」として存在していた。口論のときに「フクシに言うぞ！」という、悲しい脅し文句さえあったのだから。

また、小学校には「ヤクバの人」という言葉があり、転校したてのころは戸惑ったものだが、それは月に一度、町役場で生活保護費を受け取る家庭の児童を指し、同級生の実に半数近くは「ヤクバの人」であったのだ。

そんな一九六〇年代の筑豊、多くの人々がこの地を去ってゆくころに、わざわざ家族を連れて引っ越してくる変わり者など、なにか特別な目的があってのことと思われるのも無理はない。移り住んだ当初、上野英信も当然のように疑惑の対象者だった。曰く、「上野ちゅうのはフクシの手先に違わん。土方仕事に行きよる者を見張るためにここに来たとやろう」、また「ありゃ警察バイ」「いや、高利貸バイ」など、さまざまな憶測が流れていた。しかしそんな中でヒサシ君のおやじさんは、下手をすると自分たちの胃袋を干し上げる致命傷になるかもしれないテレビを見せてくれたのだ。

当時の私は好きな番組が見られて嬉しいばかりだったが、おやじさんのあの決断はなんだったのだろうと今にして思う。炭坑経営者から、行政から、そして時には同じ仲間と信じていた人からだまされ裏切られてきたひとりである。それがどこの馬の骨ともわからないような、毎朝仕事に出かけるでもない物書きと称する怪しい人間の、その子どもの願いを受け入れてくれたのは。

その時すでに私の父は、近隣に流布する暗い噂のような人物ではない、という信頼を勝ち得ていたと解釈するのがもっともわかりやすい。しかしさらにうがった見方をすれば、あれはヒサシ君のおやじさんが、私の父は本当に信用するに値する人間かどうか、捨て身の勝負にでたのではないかとも思う。「おれは生活保護を受けているのにテレビを持っているぞ。さあ上野よ、どうする？」と、自分と家族の飯碗を賭けて。

わかりきったことだが私の両親は「ヒサシ君ちのテレビ」を「フクシ」に密告することはなく、またこれはただの幸運なのだが、私も誰かに話すことはなかった。もし私がどこかで口を滑らせ、それで彼の家庭に災厄が降りかかっていたなら、私はヒサシ君のおやじさん、いやそれよりも自分の父親からどんな目に遭わされていたか、想像しただけで背筋が凍るような気がするのである。私の父の性格や、「すべてをなげうって炭坑労働者のために」という信念の固さからすれば、たとえそれがわが子であっても、いやわが子だからこそ、故障したテレビのように叩くだけで済まされたはずはない。

一週間に三十分だけのもらいテレビで見ていたのは、特撮怪獣ものだったのか、ロボットヒーローが活躍するアニメだったのか今となってはまったく思い出せない。またヒサシ君父子も、その数年後には古びた炭住を出たきり消息はなく、今は八十歳くらいになっているであろうあのおやじさんの生死もわからない。しかしあの時に見せてもらっていた押入のテレビの記憶だけは、スイッチを切ったあとも消え残る輝点のように、私の心にいつまでも光り続ける。

（「図書」十月号）

鳩の恐怖映画

大西峰子《おおにしみねこ》（主婦）

ある寒い雨の朝、ベランダの手すりに、鳩が一羽、止まっていた。雨に打たれて悄然としている。

九階の屋上を取り囲む柵の角だった。柵の外には、外壁が折れ込んだ下が凹みになっている。ちょっと下に飛び下りれば、雨宿りできるのに、と気がもめた。

何度も様子を見にいくが、一向に動こうとしない。とうとう半日が過ぎた。雨も止みそうにない。鳩は寒さに身を縮めて丸くなっている。

見ておられず、私は濡れながら鳩に近付いた。手を伸ばすと、鳩はあっけなく手の中に入った。足輪がある。飼い主がいるらしい。家の出窓の下に移して、米と水を与えたが、食べようとはしなかった。病気なのかと心配になった。

しばらくして外を見ると、無事、飛び立ったとみえ、鳩の姿はなかった。

ところが翌朝、また同じ鳩が同じ場所に止まっていた。近付いても逃げない。たやすく体を触らせる。パンと水を屋上の中央に置いたが、すぐにエサに飛び付こうとはしなかった。夕方までいてまた飛び立っていった。エサは減っていた。

翌朝は、もう鳩が心待ちになっていた。起きてすぐにカーテンを開けると、鳩は同じ場所にいた。鳩は私の手からエサを食べるほど、人慣れしていてかわいかった。鳩に『ポポ』と名前をつけた。

ポポが気に入ったのは私だけではなかった。我が愛猫もポポを見ると『ガルルガルル』とうなって大興奮だった。退屈なマンション暮らしの猫の気晴らしができた。

私の後についてベランダに出てくるが、鳩がこわいのか、うずくまってガルガルいうだけである。鳩の方から、大胆にほんの近くまで猫に近付いていく。

鳩と猫が並ぶ図はなんとも平和で、心が和んだ。

猫は、早朝から出窓でまんじりともせず、鳩の訪れを待つようになった。猫の『ガルルガルル』が目覚まし代わりとなった。

数日後の朝、鳩は二羽になっていた。ポポがひとりぼっちでないことに安心した。

二羽は、朝、うちに来て、エサを食べ水を飲み、一日、ベランダの柵に止まり、夕方になると帰っていった。

しかし二羽になったベランダのへりは、あっというまにフンだらけになった。

さらに数日後、窓外を見て仰天した。鳩は六羽になっていた。こんなにたくさんは困る、と思いつつ、足にまで乗ってくるようになったポポに、エサと水を与えずにはいられなかった。

エサを置くと、六羽の鳩は一斉にベランダに飛び下り、目まぐるしくエサの回りを歩き始めた。

一回り大きな新参の鳩は、首をふくらませ、回りの鳩を威嚇し、攻撃し始めた。エサを独り占めし、エサに近付く鳩にことごとくつつきかかる。譲り合いの精神など全くない。

強いのが食べ終わると、その次に強いのが独占する。強者優先で、やせた小さな鳩は、はねだしたおこぼれのわずかなエサを、遠巻きに拾い食いしている。

肝心のポポは、隅に追いやられ、一番大きな図々しい新参者が、我が物顔でのさばっている。

食べ終わると、全員、どこへも行かず、一日中、うちに止まっていた。

ベランダはあっというまにフンまみれになった。

デッキブラシで掃除を始めたが、鳩のフンはコンクリートに強情にこびりつき、綺麗にならない。

鳩は平和の象徴になっているが、少しも平和的集団ではないし、何よりあまりにフンをし過ぎる。

最初は、鳥が訪れる家というのもいいものだと面白がっていたが、すぐにお手上げになった。家族からも、もう一切、エサを与えてはいけないと厳禁命令が出た。

さてエサ断ちの一日目、昼過ぎになろうとした。台所に立って、ガラス扉の外を見ると、なんとポポは、台所のベランダの手すりに止まり、私を見ている。よくここに私がいるとわかったものだと驚いた。かわいそうになるが、ここが辛抱とその場を離れた。

寝室に移ると、寝室の出窓には、さらに数羽の鳩が私を覗きこんでいた。ベランダにしかいなかった鳩達が、スキあらば家に入り込まんばかりに押し寄せてきている。

窓だらけの我が家で、どこへ逃げても、鳩は正確に私の居所を先読みし、窓から追い詰める。鳩のストーカーのしつこさが、だんだんこわくなってきた。

キトンと開いた二重丸の目は、恨みと脅迫の色を刷けば凄味を帯びてきた。「クルックーク、ルックー」も「狂っ苦ー、狂っ苦ー」の恨み節になってきた。

食事をしている私を、たくさんの二重丸の目が窓からじっと見つめている。鳩ノイローゼになりそうで、ある日、私はおにぎりを作って公園に出かけた。

ベンチに座ると、少し先に鳩が二羽いた。ごはんがポロッと落ちた。鳩は急いで走りより、拾って食べた。まだ欲しそうに足元をくるくる回り始めた。ついまた割って落とした。

突然、背後の木立ちがザザッと揺れ、四羽の鳩が私の頭上スレスレをかすめて、足元に下り立った。さらにごはんを落とすと、どうしてエサがあるのがわかるのか、はるか向こうから、低空飛行の鳩の一群がバサバサと翼の音も騒がしく、私を目がけて飛んできた。

最初の二羽は、瞬く間に数十羽の大群となり、私を取り囲んだ。〝これだ。本当に今、エサ断ちをしないと、とんでもないことになる〟

やっと事の重大さに気付き、エサ断ちの覚悟が固まった。

鳩が私へのストーカーを止めるまで、実に数ヶ月かかった。ただ猫だけはずっと心変わりなく、鳩が来なくなっても、しばらくは窓辺で鳩を待ち続けていた。

映画『メリー・ポピンズ』の中に、古びた帽子をかぶり、ボロボロの服を着たおばあさんが、大聖堂の階段に座っているシーンがある。ジュリー・アンドリュースの『一袋二ペンス』と美しくもの悲しい歌声が流れるシーンだ。

鳩に埋もれるようにおばあさんは座っている。鳩の餌代の二ペンスを言葉少なに乞うおばあさんのシーンは、何度見ても哀れで悲しく泣いてしまう。どうぞ道行く人みんなが、おばあさんに二ペンスを払ってくれるよう願わずにはいられなかった。

でもポポ事件の後は、鳩から逃げられなくなったおばあさんの恐怖映画になってしまった。

（「随筆春秋」第二十八号）

最近イギリス漫語——自然と歴史

安嶋《やすじま》　彌《ひさし》
（日本工芸会会長）

イギリスの地理上の位置

ロンドンの位置は、グリニッジの経度零にあるのに対して、東京は、東経１４０度にあるから、ほぼ地球の反対側にあることになる。一方、ロンドンの緯度は、北緯51度であって、日本の近辺でいえば、樺太の北半に当る。これに対し東京の緯度は、ほぼ北緯35度で、西へ行けば中国の山東省、アフガニスタンのカブール、イラクのバクダッド、地中海を経てモロッコの首都ラバトまたはカサブランカ辺りになる。従ってイギリスを含めヨーロッパは、緯度からいえば全部日本より北ということになる。一方、東へ行けば、アメリカの西海岸ではサンフランシスコとロスアンジェルスの間、東海岸ではノースカロライナ辺りになる。人は、こうした基本的なことに、案外無頓着である。

ロンドンは高緯度だから、夏は夜の9時をすぎても明るく、冬は午後3時を過ぎるともう暗い。しかしその割に温かいのは、暖流のメキシコ湾流と偏西風の影響といわれている。

テムズ川

テムズ川は、全長338kmの長さである。信濃川の367km、利根川の322kmと比べても遜色がない。水源のテムズ・ヘッドとロンドンの落差は120mだから、イギリスがいかに平坦な土地かが分かる。同じ島国でも日本とは大違いである。テムズ川にはダムと堤防と水力発電所がない。年間の降水量が一定しているからである。これに比べると日本の河川は、短く、かつ急流で、流量は季節によって激変する。明治の頃やってきたオランダの土木技師は、日本の川を見て「これは川ではなく、滝だ」といったそうである。かつて白河上皇は、不如意なものとして、双六の賽・山法師とともに加茂川の水をあげられた。同じように多摩川や荒川・隅田川の、平時の流量は少なく、河川敷にはゴルフ場や野球場があるが、梅雨や台風の時には水没する。稀に堤防が決壊して大騒ぎになることもある。それにしても昨年の夏は、雨が多すぎた。

ヨーロッパの河川は、大体テムズ川と同様に、流量がほぼ一定しているから、交通、運輸の動脈になる。平野の真中を汽船が動いているように見える風景に私どもは驚く。ノルリッジの聖堂(後述)の石材も、フランスから北海を経てウエザム川を通って運ばれたという。ヨーロッパではよくある形である。冬雨型気候の地中海沿岸では、ローマのテベレ川やフィレンツェのアルノー川にしても、流量の多い冬に石材などの重量物を船で運んだ。

テムズ川は、多くの運河によって結ばれ、19世紀以前には交通、運輸の大動脈であって、貴族の多くがこれに投資したというが、鉄道の発達によって無用になった。しかし今日はレジャーボートの優雅なルートになっている。

昔は、ロンドン、パリ、リューベック、ケルンなどは、河川港として、カティサークのような帆船（昨年5月グリニッジに保存されていたものが焼かれたが、復元されるようである）で輻湊《ふくそう》していた。隅田川に白帆の千石船が上下していたのと同様である。江戸には荷揚場として方々に何々河岸というのがあった。

ヨーロッパの河川の洪水は、水が静かに溢れる形で、激流にはならない。その代わり水が引くのに一月もかかることがある。日本の洪水は二、三日で収まる。

大潮のときの潮位差は、テムズ川は河口の近くでは6・2mに達し、その都度小さな海嘯《かいしょう》、潮津波に襲われている。これは、河口の地形がラッパ形だからで、この津波を制御するためにテムズ・バリアなるものがあると聞いているが、見たことはない。テムズ川の、引き潮のときの勢いも相当のもののようである。日本の近くで大潮の潮位差の大きいのは、韓国の仁川港（8・1m）である。潮津波の現象で特に有名なのは中国の銭塘江である。

夕食をしたパブ近くのドックには、多くのレジャーボートが係留されていたが、閘門によって水位が調整されていた。ドックといっても造船所があるわけではない。なお、大潮差は、東京芝浦で1・5m、隅田川もその影響を受けているが、瀬戸内海では、高松から門司の間では1・7mから2・9mに達し、従って港には浮桟橋が多い。

ちなみにアマゾン川も変った川で、全長が6、200kmもあるが、河口との水位差は、1、460km上流のマナウスで22m、3、460km上流でも100mにすぎない。従って流れが遅く、季節による水位の変動は、マナウスで10mに達するという。私はマナウスに行ったことがある。ライン、ドナウ、ヴォルガ、ナイル、ザンベジ、チグリス、ユーフラテス、インダス、ガンジス、メコン、メナム、黄河、長江、ミシシッピなど大河にはそれぞれに面白い物語がある。

平坦な地勢

イギリスで1、000mを越える山は、ほとんどない。地形は、百六十万年ほど前に北アメリカからヨーロッパにかけて、平坦で巨大な氷床が広がっていたことによるものであろう。イギリスは、元はヨーロッパ大陸の一部であったといわれており、地形もよく似ている。日本では根釧台地の別海村の地形がこれに近い。イギリスは全体平坦であるから農地も多い。7月の空には、夏雲がかかっていて、時に俄雨もあり、いかにもイギリス的であった。車窓からの風景は茶色で、まさに「麦秋」であった。居住可能地域（エクメーネ）は広い。農業人口は、2％弱というのに、農村部の居住者は20％以上という。農村居住を好むのはイギリス人の文化らしい。中国は土地が広大に見えるが、エクメーネはその割りに大きくはない。ちなみに食料自給率は、アメリカの122％、フランスの121％、ドイツの99％、イギリスの60％に対して、日本は40％である。石油も大切であるが、食料自給の方はさらに深刻である。ただ日本は、水が豊かで良質なのは有難い。

イギリスの人口は5、800万人、面積24万3、000㎢、人口密度㎢242人である。これに対して日本は人口1億2、600万人、面積37万8、000㎢、人口密度㎢335人である。イギリスは、日本に対して、人口が46％なのに面積は64％であるから、日本より人口密度の低いのは当然といえるが、日本は国土の70％ほどが山地なのに、イギリスは多く平坦地であるから、イギリスの人口密度は、実際にはもっと小さいことになる。統計数字には注意しなければならない。

セインズベリー日本芸術研究所

ノルリッジは、ノーフォーク州の州都であって、ロンドンの北東200キロぐらいのところにある。東京からいえば静岡辺りであろうか。その間は、まさに平坦な丘陵が続き、典型的な農業地帯、穀倉地帯である。ノルリッジは、小さな町であるが、中世の城壁が廃墟として残っており、ロマネスクとゴシックの混合した聖堂もある。イースト・アングリア大学には新しい美術館（セインズベリー美術センター）が併設されている。大きな体育館のようなモダンな一棟で、天井は吹抜けであるが、内部は然るべく仕切られている。展示室と休憩室は連続していて、なかなか気の利いた配置である。その近くに、これと一体のセインズベリー日本芸術研究所がある。この研究所は、イースト・アングリア大学とはもとより、ブリティッシュ・ミュージアム（大英博物館）やロンドン大学などとも研究のネットワークを組んでいる。所長はニコル・クーリジ・ルーマニエール女史であって、彼女は東大の客員教授でもある。

研究所は大規模とはいえないが、コンパクトで充実したものであった。日本の女性の研究者も数人いて、東京の街で見る若い女性に比べると、しっかりした、頼もしい感じの面々であった。日本の若い女性も見直さなければならないと思った。こうした地方の小都市にまで、内容の充実した大学があり、美術館があり、芸術研究所があるということに、まぎれもない、イギリスの底力を見る思いがした。

3人のメアリ

ヨーロッパでは、聖母またはその母にちなんで、女性にはメアリまたアンという名前が多い。これから述べるのは、その中でも異彩を放った3人のメアリについてである。

15世紀の後半、ばら戦争においてランカスター家とヨーク家が争い、ともに自滅するが、1485年に即位したヘンリー7世がチューダー朝を開き、その内乱を収める。次のヘンリー8世は、王妃の離婚問題にからんでローマ教皇と絶縁し、次のエドワード6世も、メアリ1世も、カトリックを復元すべく動いたが、これに反して、続くエリザベス1世はカルヴァン主義によるイギリス国教会を開いた。しかし礼拝や儀式の仕方はあまり変えなかった。私どもは一見しても、国教会とカトリックとの違いは分らないのである。

ウェストミンスター寺院は英王室の寺院であるが、内部には歴代の王、王妃、貴族等の柩が多く収められているから廟ともいえる。そしてエリザベス1世（メアリ・チューダー）とスコットランド女王（メアリ・スチュアート）の柩が隣り合う区画に並べられている。後者はフランスのフランソア2世の妃であったこともあり、またスコットランドの女王として、二度も結婚を重ねて失敗し、エリザベスを頼ってイングランドに逃げるが、19年の監禁の後、反逆罪に問われて、1686年に処刑された。享年44歳、美人であったという。エリザベスは、ためらいはしたものの、大勢に従ってこれを処刑したようだ。

シラーの「メアリ・スチュアート」という戯曲は、この二人のメアリの対立、抗争を描いたものである。私は30年ほど前に、東京の国立劇場でこの公演を見たことがある。二人の女王の激しいやり取りが印象に残っている。この悲劇は、ドニゼッティによってオペラにもなっているという。

ところでエリザベス1世を継いだのは、ジェームス1世であり、ここにチューダー朝は絶え、スチュアート朝が始まる。メアリ・スチュアートは、「はじめは魔女、後に聖女」といわれ、また「わが終りは、わが始まり」といったともいうが、その通りになった（スチュアート朝は、名誉革命のあとハノヴァー朝となり、1910年にウィンザー朝と改称して今日に至っている）。

カクテルに「ブラッディ・メアリ」（血まみれのメアリ）というのがあって、トマトジュースを用いるようである。私は、このメアリをエリザベス1世とばかり思い込んでいたが、実はメアリ1世だという（高橋哲雄「スコットランド・歴史を歩く」）。

ヨーロッパの王室や上級貴族は、国を超えて通婚し、インターナショナルであり、庶民の方がむしろナショナルといえる。庶民は、王や王妃がどこの国の出身かを問わない。貴族と庶民は別々の世界にいるのである。イギリスの them and us（彼らと俺ら）という言葉もこの事実を指すらしい。ちなみに、フランス革命におけるルイ16世と妃マリー・アントワネットの処刑は、二人の国外脱出（ヴァレンヌの逃亡）が引き金となったという。また、1914年の欧州大戦で、敵味方に分かれて戦った君主の多くは、イギリスの女王ヴィクトリアの縁辺であった。

ウェストミンスター寺院の観覧料は大人一人10ポンド（老人は7ポンド）である。莫大な収入になろう。ここは、前回訪英のときは修理中で拝観できなかった。ちなみに今は1ポンドは220

円前後である。ロンドンの物価は高く、ポンド高、円安で、日本人在住者は暮らしにくいという。

ブリティッシュ・ミュージアム

ブリティッシュ・ミュージアム(大英博物館)もヴィクトリア・アルバート・ミュージアムも私は初めてではないが、その内容の充実に改めて驚いた。これは一朝一夕に成ったものではない。300年余にわたる蓄積の結果である。

イギリスの東インド会社は1600年の創設である。1600年といえば我が国では関ヶ原の戦いの年である。その頃からすでにイギリスのインド経営は始まっていた。当時貿易は危険の多いものであった。株式という形は、危険の分散であり、また一種の共済の方式でもあった。その頃の船長は、操船者であるとともに商人でもあった。船の運航のみならず、商人として港ごとに物の売買を行なった。その点、わが国の北前船の船頭と同じである。

これには更に前史があり、コロンブスやヴァスコ・ダ・ガマやマゼランがこれに当る。かれらの、地球は丸いという確信、乗り出す勇気、長途の忍耐に私は脱帽する。こうした点が日本人と西洋人の大きな違いである。日本人は執着心、粘りに乏しい。

ところで20世紀の初頭、長谷川如是閑はイギリスに旅行した。行きはシベリア鉄道であったが、帰りは海路であった。プリマスを発し、ジブラルタル、マルタ、ナポリを経て、ポート・サイド、スエズ運河、アデンを経てコロンボ、シンガポール、香港。そこで如是閑は嘆く。「船が香港に入るに当っては僕はつくづく忌々しく感じた。西洋の果てから東洋の果てに来るまで、その間常に英国の警察権を脱することが出来ないではないか。同盟国（註・日英同盟をいう）とは申せいささか妬けざるを得ない」と。日本人如是閑の慨嘆は続くが、長くなるので割愛する（岩波文庫「倫敦！　倫敦？」）。イギリスはその頃、「七つの海」を支配し、他国の土地を踏まないで、世界を闊歩できたのである。ブリティシュ・ミュージアムも、こうした時代の遺産といってよい。

しかしイギリスに対する明治末の、日本の関係と、今日の私どものそれとは、当然に異なっている。同じように、大正や昭和初年の教養主義が西洋に対する「憧れ」にすぎなかったのに対して、今日のそれは「現実の接触」となっている。かつてイギリスは、フランスとともに世界の超大国であった。今は様変りはしているものの、日本とは、やはり格というか、段というか、それが違う。イギリスの底力、地力は依然として強大である。

民族問題

日本は今、少子高齢化という難問に直面している。日本の総人口は1億2、600万人、これに対してイギリスは5、800万人、フランスは5、900万人であって、日本の半分に近い（ドイツは8、200万人）。イギリスの場合、エスニックは人口の10％を越え、カリブ海系黒人、パキスタン系、インド系など、旧植民地出身者が多い。構成比の10％はかなり重い数値である。昨今はイスラム系の人々に係る治安問題も起こっている。テムズ川も南東に渡ると、エスニックが多くなり、街の雰囲気が一変する。北岸の中心街に比べると広告などもけばけばしくなる。

さて日本は、少子といっても、人口は英・仏に比べれば倍もある。エスニックも韓国・朝鮮籍の在日永住者は、比率も小さく絶対数も多いとはいえない。身体的にも日本人と区別がつかない。イギリスに比べれば、はるかに問題は少ないように思う。少子問題も外国人問題も何とか超えられるのではないかと思った。

ディッキンズ

ドック地区にある「ディッキンズ」というパブで夕食をした。例によって、一階は立席であるが、2階には椅子があって、サロン風である。イギリスでうまいものに会うことはなく、このパブも例外ではなかった。草鞋《わらじ》のような大きな焼肉とフライド・ポテトが出る。イギリスでうまいといえば、やはりアフターヌーン・ティーのスコーンやライス・プディングである。東京にもあるが、なんとなく違う。

さて、「ディッキンズ」というパブの名は、本人と関係があるかどうかは知らない。市街的にいうと、ディッキンズの生活圏とは離れている。しかし、その名を思い出して、およそ70年前、16歳の頃読んだはじめての外国小説「クリスマス・キャロル」(岩波文庫、赤帯、星一つ、定価20銭)を再読した。内容はすっかり忘れていたが、それは、スクルウジという、血も涙もない守銭奴がクリスマスの夜、幽霊に出会って回心するという物語である。19世紀初頭のロンドンの冬の夜は寒く暗く、幽霊が現れるのにふさわしかった。しかしそれは、心やさしい物語であって、少年時代に帰る思いがした。

(「文芸広場」一、二月号)

教育は家庭を巻き込め

小林和男《こばやしかずお》
（ジャーナリスト・作新学院大学教授）

縁あって大学への誘いがあったとき子供たちがそろって猛反対した。お父さんは学生を教えるような立派な人ではないという理由だ。それを押し切って大学に来たのは世界を渡り歩いてみて、教育が駄目な国は将来も暗いと痛感していたからだ。

一人の男子学生が研究室にやってきてゼミに入れて欲しいと言う。いったんは断ったのだがどうしてもと言う。理由は真剣なものだった。「僕はこれまで何をやっても中途半端だった。その根性をたたき直すために先生のゼミでやりたい」と訴えた。面白い。だが厳しいぞと警告し、耐えるという返事で受け入れた。私には腹案があった。教育熱心で熱血漢の学長には「一人化けさせてみせます」と予告した。

そのころ世間は子供の自殺問題で騒いでいた。学校で子供がいじめに遭ったのが原因で自殺したとして、親が学校や教育委員会を非難し、メディアも同じように批判していた。メディアで伝えられるその対応には確かに事なかれ主義がふんぷんとして褒められたものではなかったが、私がまずいと考えたのは家族の方である。子供のことは親が一番知っているはずだし、知っていなければならない。子供が死ぬほど悩んでいるのに親が気がつかなかったでは親の役割を果たしていない。教育の一番重要な場は家庭だというのが私の信念だ。

くだんの学生にはゼミでの講義のほかに毎週課題を与えた。ゼミで取り上げた文章を家に持ち帰り、両親や家族に説明し、それについて家族で話し合いをする。その結果は毎週リポートにして提出するという課題である。最初のリポートは予想通りだった。息子が突然夕食の席でまじめな話を始めた。お母さんははじめ恥ずかしそうに笑っていたという。しかし回を重ねるごとに家族の真剣さが伝わってくるリポートになっていった。それまで夕食はテレビのお笑い番組などを見ながらで対話などはなかった。息子はリポートにしなければならないから真剣だ。その真剣さが親の態度を変化させ、両親が息子とともに考えている言葉がリポートに表れるようになった。働いている弟の職場での体験なども織り込まれるようになった。家族全員を巻き込んだのだ。万歳！

一度は拒否されたにもかかわらず、中途半端な根性をたたき直したいからと言った若者が目に見えて成長してゆくのが感じられた。一年半のゼミで就職活動に入った。成長の過程を見ている私には、企業はこんな若者を見落とさないだろうという予感があった。彼は一部上場企業を志望した。最終の役員面接の当日父親の激励は〝頑張って来い〟ではなく、「今までやったことを十分発揮して来い」だったという。息子と一緒に学んだからこそ出た言葉だと思う。役員面接もパスして就職が決まった。根性をたたき直した若者は社会に出てからも多分役割を果たしてくれると思う。

教育の場はまず家庭だという強い思いで家庭を巻き込んだ教育の試みだ。テレビで働いていた私が言うのだが、少なくとも食事の席からテレビを消すべきだ。お互いに目を見ながら話をし食事が出来れば、親が子供の悩みに気づかないはずもないし、成長も確認出来る。子の成長以上に親の喜びがあるだろうか。

教職に就くことに猛反対した子供たちにはこのごろ、「案外良い先生かもしれないよ」と話している。

（「下野新聞」八月二日）

八月晦《つごもり》の赤い禾《いね》

宇多喜代子《うだきよこ》
（俳人）

昭和四十年代にはいってからだったか、母の実家のある村で、はじめて田植機というものを目にした。現在の性能にくらべるとまことに原初的なものではあったが、こんな魔術のような機械が出来たのかという驚きと同時に、俳句歳時記の農耕季語が変ってゆくことを直感した。この機械で農作業が便利になるという平凡な感動と、いわく言い難い不安を綯《な》い交ぜにしたようなあのときの感情は、いまも私のこころの奥底に巣くったままだ。

古代米に関心を持つ友人が休耕田を借りて日本に伝わる古代赤米の栽培を始めたのはそんな折であった。今でこそ「古代のロマン」とか「赤飯のルーツ」などともてはやされている古代赤米だが、当時は、長年かけて退治した色つきの米を作るなどとんでもないとやら、何のためにカネにもならぬ米作りをするのかとやら、物好きを非難する声ばかりが耳に届いた。

もとより好奇心が高じて始めた古代米の栽培である。田植機や、高性能で高価なコンバインが速度を増して田の主役になってゆくのが近代農業の定めであるのであれば、腰を屈めて早苗を植え、鎌で稲を刈り、穀霊を崇めた時代に遡ってみるのもいいのではないか、という思いがつのった。あれこれと古代稲作に関する書物に首を突っ込み、折から話題になっていた上山春平編の『照葉樹林文化』論や佐々木高明の『稲作以前』などを読み漁り、ついには古代米仲間数人で中国雲南省の田圃に通うまでになっていった。まだ、雲南省を歩く日本人が珍しかったころのことだ。

雲南省に通っているうちに、「日本から米の好きな人が来た」ということで、雲南省農業科学院の稲作専門家幾人かとまみえるという破格の扱いを受けるようになり、いまにつづく交友の機縁を得る幸運に恵まれたが、思うに、あちらの専門家たちが親切だったのは、私たちが学者でも専門家でもない、ただの米好きというだけの素人だったからである。

秋、赤い禾が風になびき始める。平城宮の遺跡からはこれを栽培していたことを明かす木簡が多々出土しているし、この赤い米をつかっていた祭事の記録も残っている。そんな時代の人たちの見た穂の色もこれと同じだったのかしら、わたしたちと同じように腰を屈めて刈っていたのかしら、穂を摘んでいたのかしら、『万葉集』には残っていないかしら、などという関心の連鎖がつぎつぎと伸びてゆく。

あれこれと古いものをひっくり返して探してみても、わたしはコレを見ましたというものは見当たらない。ところが、あれほど探していたときには見つからなかったものが、たまたまの他用で繰っていた『枕草子』の、たまたま広げた頁に見つかったのだ。見るともなく見ていた頁の真ん中の「いと赤き稲の」という字が、そこだけ拡大でもしたように浮き立って目に入ってきた。

何だこれは、と本来の用はそっちのけで、読み始める。

八月晦《つごもり》、「太秦《うずまさ》に詣づ」とて、見れば、穂に出でたる田を、人いと多く見騒ぐは、稲刈るなりけり。「早苗取りしかいつのまに」、まことに先つ頃、「賀茂へ詣づ」とて、見しが、あはれにもなりにけるかな。

これは、男《をのこ》どもの、いと赤き稲の、本ぞ青きを、持たりて刈る。何にかあらむして、本を切るさまぞ、やすげに、せまほしげに見ゆるや。

いかで、さすらむ。穂をうち敷きて、並みをるも、をかし。

盧《いお》のさまなど。

（新潮日本古典集成・第二百十段）

清少納言が、八月晦日に太秦に出かけた折に目にした稲刈りの様子である。たしかに穂は赤くなっていても、丈の長い穂の根元には青が残る。それを刈る道具の名をご存知なかったらしく「何にかあらむして」といい、わたしもやってみたいなあと好奇心をお示しである。刈った稲を田に並べる作業を「いかで、さすらむ」とご覧なのだ。これほどの臨場感をもって稲刈りの様子をとらえた文章は珍しく、まるで目の前の清少納言と話しているような気分になる。

ウム、ここに「早苗取りしかいつのまに」とあるからには、その様子をもご覧になっているはず、と前段を見れば、やはりあった。すぐ前の第二百九段である。この時は郭公をききに賀茂へお出かけである。やはり目にした田植え風景が、稲刈りの様子と同じく、まことに詳細かつ簡潔に描かれている。

賀茂へまゐる道に、「田植う」とて、女の、新しき折敷《をしき》のやうなるものを笠に着て、いと多う立ちて、歌を唄ふ。折れ伏すやうに、また何ごとするとも見えで、うしろざまにゆく。「いかなるにかあらむ。をかし」と見ゆるほどに、郭公《ほととぎす》をいとなめう唄ふきくにぞ、心憂き。

『枕草子』は、庶民が見本にした貴族社会の歳事の様子や季節のことを知るために愛読していたのだが、これらのくだりに関してはまともに「読んだ」という記憶がない。たぶん読み流していただけだったのだ。

なんと言っても、かくもいきいきと千年前の洛外の農作業の様子を文章に書き残していたのが清少納言だったというのが愉快で仕方がない。口の悪い友人が、これは「以上、現場からの報告でした」だな、と呟いていたが、当時から、田植えは女、稲刈りは男と仕事の受け持ちが分かれていたことまでがわかるところだ。「書きますわよ女史」と揶揄されることのある清少納言とは、批判精神に富んだジャーナリスト感覚の主でもあったのだ。第二百九段には「心憂き」についで次のくだりがある。

「郭公、おれ、かやつよ

おれ鳴きてこそ、我は田植うれ」
と唄ふをきくも、いかなる人か、「いたくな鳴きそ」とは、いひけむ。
仲忠が童生《わらわお》ひ、いひおとす人と、「郭公、鶯に劣る」といふ人こそ、いとつらう、憎けれ。
（新潮日本古典集成・第二百九段）

清女の心情がよく出ているくだりである。「時鳥《ほととぎす》よ、おのれ、あいつめ、おのれが鳴けば、わたしは田植えをせにゃならぬ」という田植歌を引き、「時鳥よ、鳴くな」とはいったいどんな人が言ったのかしら、わたしの大好きな仲忠さんの子供時代のことを悪くいう人と「時鳥は鶯に劣る」という人なんて、なんとも情けない、というのだ。春の到来を告げる鶯にくらべて、猛々しく鳴く郭公は下位に見られていた様子だが、そんなことはないと郭公を贔屓している筆致に胸がすっとする。ちなみに、郭公とは時鳥のことで、カッコウ、カッコウとなく郭公ではない。

古くから伝わる農事暦の俚諺《りげん》には、花の咲き時と同じく、鳥の鳴き声を目安に農作業を開始したり終えたりした例が多いし、『万葉集』にも、この郭公の鳴き声を農事の目安にした歌が多々残っている。時節や手順を伝えるのが難しい作業を、スラスラと覚えられる大和歌形式にして残しているのだ。

世に知られた『源氏物語』や『奥の細道』などがすぐれた古典であることは言わでものこととして、私には、たとえば清少納言が聞いた田植歌のような、生活の知恵を言葉で残した口伝・伝承もまた古典文芸として評価してもよいのではないかという思いが、年々強くなっている。誰が唱え始めたのかは不明ながらも、機械文明の恩恵を被らなかった時代の人々が考案し、ながく口から耳へ伝えられてきた「歌」「俚諺」のたぐいである。

言葉で伝えるということは伝達の至便だけでなく、やはり「言霊《ことだま》の幸《さき》ふ国《お》」の人々が、言葉を信じ、残すべき大事を言葉に託したからだろう。

種もミを　出穂のうちにてゑりとれハ　ましりなくしてこめそよくなる
種籾は　いなきしほれてかりとりて　穂先をきりて　もみておくなり

これは今に残る『日本農書全集』に収められている『百姓伝記』という農事解説の書物の巻八「苗代百首」のうちの二首である。この全集全七十二巻を通覧すると、日本がすぐれた農業技術をもった国であったことがよくわかる。『百姓伝記』は、書かれたのは江戸前期だとか、中級農民が書いたものだと伝えられてはいるものの、年代も作者も未詳である。

先の歌を書き直すと、「種籾を出穂のうちにて選り取れば混じりなくして米ぞ良くなる」「種籾は稲木萎れて刈り取りて穂先を切りて揉みておくなり」となる。この百首を読むと、「苗代百首」が経験則で得た知恵の書であることがわかる。大和歌形式をとってはいても実用の口碑であれば、芸術性や文学性とはほど遠い。それでもこの国の農民の心性に深くなじみ、親から子に伝えられた「言葉」である。それを五音、七音に託して伝えるという韻文精神が、庶民というい わば低いところでいきいきと命脈を保って生きてきたのが、これらの口伝であり、里に残る作業唄であり、俚諺である。

これらには早春の鶯を愛でるような雅《みやび》な美学はないが、泥んこの田植えを囃す時鳥のたくましさがある。「『郭公、鶯に劣る』といふ人こそ、いとつらう、憎けれ」と言い放った清少納言の『枕草子』と、著者未詳の『百姓伝記』は、目下の私の大事な古典である。

九月も終わるころになると、赤米の田に赤い禾が出揃う。まさに「八月晦」のころだ。ひたすら清少納言が近く思われる一方で、年々に廃れてゆくこの国の田のことや、稲霊の行方が気にかかる。詮ないこと、詮ないことと思いながらも、気にかかって仕方ないのだ。

（「學鐙」冬号）

団塊くそ食らえ

石《いし》原《はら》彰《しょう》二《じ》
（幼稚園嘱託職員）

私は団塊の世代だ。一九四七年つまり昭和二十二年生まれの亥年で、今年のうちに六十歳になる。

この「団塊の世代」という呼び名は、三十年前に堺屋太一さんによって書かれた近未来を予測する小説の題名で、地質学用語からきた巨大な人口の塊を意味するものだそうだ。

ここでは、コンビニ、自動車、銀行に官庁といった先端の業界を舞台に、この世代の余剰と使い捨てにもがき苦しむ姿が、各年代毎に追われていて、よく言い当てられているだけにうら悲しい。

それにしても、団塊などとこんな十把ひとからげの扱い方をされるのも情けない話だが、でも私の中学時代を思い出してみても、そんなに大きくもない市立中学だったにもかかわらず、同学年の者が一組五十四、五人で十六組もあったのだから、確かにその通りとうなずくしかない。

これがそこに書かれているように、途中のバブル経済を作り上げ壊しながら、激烈な受験と就職と生き残りの競争社会を通過してきた後、そのままなだれ込むようにして、二〇〇七年の今に大量の定年退職者を生み出すことになった。

と、今さらのように騒がれてはいるが、実はその渦中にある当事者にしてみれば、別に真新しいことではなく、生まれた時から戦後ベビーブームの世代と言われ続けていて、もうとっくの昔からそれについての自覚症状を持ち続けてきているのだ。

私自身、数年前から自分の年齢を敏感に感じ始めていて、足音近づく定年退職とその先のあれこれについて、思いあぐねるようになっていた。

このまま時間切れを迎えて肩を叩かれ、もうお前は用済みだぞと冷ややかな目で見送られ、静かにかつ何事も無かったかのように忘れ去られてゆく……これはいかにも寂し過ぎるし辛い。

またその一方で、すぐにでも暫く遠ざかっていた競争と奪い合いの仕事探しに走らなければならない。生活に余裕のある者ばかりではないのだ。特に私の場合は、数回の転職を繰り返してきていて、まとまった退職金は手に入らないし先々の年金も当てにはならない。もちろん蓄えもないから、働き続けなくてはならない。

そこで考えた。定年を迎える二年前、すなわち五十八歳にして今の勤めを辞めることにした。

こうすれば、ぎりぎりながらかろうじて、あいつはまだ余力があるのにと惜しまれながら身を引くことが出来る。さらには再就職する道もまだ狭まってはいないだろう。次は六十歳過ぎても働くことが出来る職場を見つければいいのだ。

そして思い切った。私は幸いにして、と言うか不幸にしてと言うべきか、今日までの異性獲得競争に敗れ続けて未だに独り身だし、年老いた両親を看取る役目も済んで、今流行りの高齢者一人暮らし。必要な手助けさえ期待は出来ないが、その代わり、生活のしかたについて迷惑をかけるような者は誰ひとりとして無い。

実際これはうまくいった、と思った。何故今辞めるのだと皆が驚いてくれたし、まだ用無しにはなっていないのに突然居なくなるのか、と思われ言われながら去るこの快感。辞めた後の余韻さえ残った、と感じて少しばかりほくそ笑んだ。

ところがすぐに思惑が外れだした。何ものにも縛られないこんな時間というのは、そうそう味わえるものではない。この時とばかりにつかの間の幸せを貪り、おもむろにゆったりと再就職の道を探ろうと、失業保険を頂きながら職業安定所の求人閲覧のパソコン画面を眺める日々が続いた。

だが一向にこれといったものが見つからない。それに今どき何だか訳の分らないものが多い。パタンナー、プランナー、デザイナーにコーディネーター、何とかアシスタントやらスタッフやら。

さらには世相を反映してか、やたらに介護士と携帯電話販売促進員が多い。介護士はヘルパーの資格が必要だし、もうすぐ介護されそうな私が就く仕事でもない。携帯販売の分野は主に女性向けだ。こんなもので有効求人倍率が押し上げられているとすれば、私ら年代の者にはたまったものではない。

その上どれもこれも正社員扱いのものは、一律定年六十歳ばかり。残された道は派遣かアルバイトかパート。しかも警備員か交通誘導員か、はたまた何とか生活を維持しようと思えば、二種免許を取ってのタクシー運転手ぐらい。甘かった。

そのうち、ちょっと変わったものが目に入った。僧侶見習い。月給十二万円と安いが週五日勤務。住み込み食事付きだろうか。こうなったらこれでも……と思ってよく見たら、六十歳定年とある。なんで坊主にまで定年があるんだ。

そうこうしているうちに日だけが経ち、私もすぐ五十九歳になってしまった。この五十九歳という年齢はひどく中途半端で、新たな就職では遅過ぎるし、かと言って定年後のそれでもないから、雇い入れる方でも躊躇してしまう。

試しに、六十五歳まで再雇用延長ありとある職場に応募してみたら、それは少なくとも五十五歳ぐらいで勤め始めていて、その後の延長です、と断られた。それはそうだろう。私が経営者だってそうすると思う。

何のことはない。結局二〇〇七年の今年、団塊の世代の定年退職者の一人という、まぎれもない事態に飲み込まれてしまった。

それでもつい最近、やっとひとつ見つかった。嘱託。しかもこれには行政機関の施策を踏まえて中高年齢者を採用、と謳ってある。嘱託である以上、毎年の契約更新制で賞与もないが、当面六十歳定年はない。早速応募して面接を受けてみようかと思っているが……。

先の小説の冒頭には、こんな文が書かれていた。

かつてハイティーンと呼ばれ、ヤングといわれた、この「団塊の世代」は、過去においてそうであったように、将来においても数々の流行と需要を作り、過当競争と過剰施設とを残しつつ、年老いて行くことであろう。

でも年老いたところでこれで終わりではない。まだ年金と病院と葬祭場と墓地の争奪戦と過剰化が残っている。

こうなったら私は、同年代の者がほぼ死に絶える百歳まで生き延び、その時の社会がどうなっているのか、しっかりと見極めた上で、目いっぱい大声で叫んでから消えてやる。

団塊くそ食らえ！

（「コスモス文学」第三三二号）

蟹とガニ

横《よこ》溝《みぞ》美《み》津《つ》子《こ》
（主婦）

珍らしく生きたずわい蟹が手に入ったので私は足取りも軽く家路を急いだ。夫はもう飲み始めているのだろうか、待っていてくれるといいのだが、と思いながら道路から家の方を見ると、台所にだけ灯がついているではないか。小走りに勝手口へと廻った。

案の定、夫は酒を飲んでいた。友人に貰った牛肉のしぐれ煮と常備菜がテーブルに乗っている。大分前から飲んでいたらしく、顔がすでに真赤で眼もすわっている。夫は、高血糖、高血圧、高脂血症、高尿酸値と高××のオンパレード人間。なるべく低カロリーで塩分ひかえめの食事をと気を使う私は、そんな姿を見ると、ストレスがどっとふくらむ。

「生きたずわい蟹を買って来たの。ちょっと待って……」

「いいよ。御飯の時に食べるから」

夫は、私の言葉を制した。年をとったらなるべく楽しいことを考えて過す方がいいと、友人に言われたことを思い出した。だが、どういう風に対応すると楽しくなるのか、何にも浮かんで来ない。夫は、相変らずマイペースで酒を飲んでいる。大鍋に水を張り、蟹を茹でる準備だけして、洋服を着替え、夕食に使う野菜を畑に採りに行った。

　姑が亡くなって二人きりの生活になってから、生活が単調になって来ている。私は、朝起きて、食事の仕度から始まり、洗濯、掃除のあと接骨院への通院、と一日のスケジュールが判で押したように決まっている。

　夫は、午前中は腰が痛いからとのんびり横になって新聞を読んだり、テレビを見たり。午後になって、やっと二、三時間畑仕事をする。そして、上がって来ると、決まったように酒を飲み始める。

　お互いに何もない、平凡な日々。老夫婦の一日なんてこんなものなのだろうか。姑が生きている時は、そうではなかった。介護の中で、ときどき予測もしなかった出来事が起きて振り廻わされ、疲れた、大変だ、と思いながら過してきた。今思うと、それが生きる活力となっていたような気がする。

「ねえ、結婚してからおばあさんが亡くなるまでの四十一年間、私、ずっと誰かのために生きてきたような気がするの。(最初は、二人の子供達のために、そして、その次は舅のために、最後は姑のために)でも、すべてから解放されて、やっと自分の時間が持てる一番いい時になったと思っていたのに、最近ポカッと穴が開いたように何だか淋しくて……。不思議ね」

「人間は、他人《ひと》のために役立っているっていうことが一番幸せだっていうからね」

　夫が、ろれつが廻らない割にはまともな相槌を打つ。

「おばあさんも、もしかすると晩年は今の私のように淋しかったのかも知れない。今頃気が付くなんて遅いわね……。孝行したいときに親はなし……」

照れ笑いをしていた夫の顔が、急にクシャクシャとした顔に変った。そんな顔を見たら何も言えなくなってしまう。

蟹が茹で上がった。そのまま皿に乗せ、蟹フォークを付けて夫の前に置く。

「これ一匹食べたら御飯はいらないよ」

そうです。お酒でもう充分カロリーはとれています。何時もそのくらい物解りが良ければ、何も申し上げることはございません。

「私も蟹を先に食べて、御飯は食べるかどうか後で考えるわ」

言いながらまず甲羅をはずし、放射状に並んだガニ〈注〉を取り除く。次に、身を二つに割って、まずミソを食べ始めた。

「この蟹ミソ、美味しい！」

私の言葉に釣られて、夫も甲羅を外した。

「ガニを必ず取り除いて食べてね」

何時もはガニを取ってから皿に乗せて渡していたのに、今日は夫に任せた。

「俺は、蟹を食べるたび、オウム真理教に殺された阪本弁護士のことを思い出すんだ」

話が横道にそれる。でもあれは本当に嫌な事件だった。幸せな気持が凋《しぼ》む。

夫が夕食を食べ終り、足をふらつかせながら居間の方へ行った。後片付けを始めた私は、夫の蟹の皿を流し台へ運ぼうと手に取った。食べ終った殻の残骸が山のようになっている。ところが、甲羅の中の身の方は、手つかずでそのまま残っている。

「あら？　身はぜんぜん食べなかったのね」

「全部食べたよ」

意外な答えが返ってきた。では、そっくり残っているこれは何なのか。

「でもね。ガニが見当らないのよ。何処へ捨てたの？」

「何処にも捨てないよ。だからガニだけそこに残っているだろう」

残骸の殻をもう一度ひとつひとつ調べる。やはりガニらしきものは見当らない。夫は間違いなくガニを食べたのだ。血の気が引いていくのが解った。

私は、小さい頃から〝蟹は食べてもガニ食うな〟ということわざを叩き込まれてきた。食べる都度ガニには毒があるのだと夫にも話してきた。それなのに……ああ、どうしよう。

私は夫に向き直り、

「やっぱり残っているのは身の肉の方よ。ガニを食べちゃったみたい」

夫も、ギョッとした顔をした。が、

「そんなことないよ」

と、頑固に言い張る。

「間違いないわ。でもどんな味だった？」

「不味《まず》くなかったよ。大騒ぎしなくても大丈夫だよ」

酒で胃や腸を消毒したとでも思っているのか。とにかくケロリとして横になったと思ったら、やがて鼾をかき始めた。

本当のところ、何故ガニを食べたらいけないのか、理由は知らない。ただ、ガニの毒でそのうち苦しみ出したらどうしよう、という思いが頭いっぱいに拡がった。やっぱりいつものようにガニをはずして渡すべきだった。嫌な予感を打ち消しながらバッグに保険証とお金を詰め込み、様子を窺った。

夫は、時々〝ウーン〟と軽く唸って寝返りを打つ。その都度私はハッとして身構える。そのうち身体《からだ》を折り曲げ、喉に力を入れて咳をし始めた。吐く前触れなのだろうか。

「何事もありませんように……」信仰力もないのに、神に祈りを捧げる。そうだ、御先祖様にもお願いしよう。仏壇に行って線香に火をつけ、手を合わせる。

やがて二時間が過ぎ、三時間も過ぎていった。夫は、何事もなかったかのように鼾をかいて眠り続けている。もう大丈夫だと確信した瞬間、脱力感が私を襲った。いたたまれなくなって外に飛び出し、大きく深呼吸をする。

何処からともなくいい香りが漂ってきた。梅の花の香りだ。知らぬ間に梅の花が咲いていたのだ。眼をこらすと、星明りの闇の中に、そこだけ点々と灯がともったように白くかすんで見える。ふと、私にはまだ一人大きな子供がいたんだ、ということに改めて気づいたのである。

〈注〉ガニ…蟹の鰓《えら》(呼吸器官)

(「随筆春秋」二十八号)

ピンクのウェディングドレス

松《まつ》坂《ざか》暲《あき》政《まさ》
（立教大学講師・元日本ストライカー㈱常務取締役）

ある日、家内が居間でテレビを見ていた。ピンクのネグリジェを着て、そばでいっしょにテレビを見ていた次女の朝美が、

「ママ、もし私が死んだら、絶対にピンクのウェディングドレスを着せてね……」

と言った。

家内には唐突にも思えたのだが、朝美がはっきり自分の意思を伝えようとする表情をしていたので、心臓が痛くなった、と言う。そこで、「分かった」と答えるべきか、普段の和気あいあいとした雰囲気の会話として話すべきか、とまどいを感じてしまったようだ。

家内は、

「そんなこと言うひとほど長生きするのよね……」

と、答えたものの、心の中では了解した、と言う。

大学生だった朝美が、インフルエンザから肺炎を併発して急逝《きゆうせい》したのは、それから一か月ほ

ど経った、一九九九年二月十五日のことである。後日、朝美の遺志に添って、研究のために献体した遺体の解剖を担当した医師の説明によれば、「劇症型インフルエンザ肺炎」だった、という。

翌日、解剖が行われている間、病院から家につれて帰る前に、家内と長女の明希が、朝美との約束を果たすためにピンクのウェディングドレスを求めて、まず銀座に行った。家内が結婚したときにお世話になったカネボウが入っていたビルに行ったのだが、そこにはもうウェディングドレスの店はなくなっていた。

別の店に入って訊いたものの、店員さんから、「ウェディングドレスは、前もってその人のサイズにあわせて一つ一つ作っているのです。この場ですぐに渡せるようなものはありません」と、言われたそうだ。家内は途方にくれ、信号を待っていた銀座四丁目の交差点で、泣き崩れて座り込んでしまった、という。

長女に、

「ママ、泣くのは葬儀が終わった後にしましょうよ。時間が経って死後硬直したら、ウェディングドレスを着せてあげられなくなるかもしれないから、とにかく今は、朝美のためにできるだけのことをしましょう……」

と、促された。ちょうどそのとき信号が青になったので、長女は家内の手をひっぱって交差点を渡った。結果として、人の流れが、自然に憔悴した家内の足を前に進むようにしてくれたのだ。その信号が、絶妙なタイミングで青に変わったのでとても助かった、と二人は当時を思い出しながら語っている。

信号を渡り始めたとき、長女の頭の中に「桂由美ブライダルサロン」が思い浮かんできた。二人は、公衆電話の電話帳で番号を調べ、電話をかけた。

「前夜、妹が急逝しました。本人が希望していたとおり、ウェディングドレスを着せて柩《ひつぎ》に収めてあげたいのですが、ピンクのバラが刺繍《ししゅう》してあるウェディングドレスはございませんでしょうか。もしあれば、すぐにいただいて帰りたいのですが……」

と事情を説明すると、電話にでた店員さんは、サイズを聞いて在庫を調べてくれた。

「ドレス全体にバラがあるものではありませんが、バラのコサージュがありますので、それをつけたらよいのではないでしょうか」

という返事が返ってきた。二人は場所を訊《き》いて、すぐに日本橋三越の中にある「桂由美ブライダルサロン」に向かった。

出迎えてくれた店員さんは、急を要する二人の様子を察して、真剣な表情で、思いやりを持って対応してくれた。用意してくれたドレスの色は白ではあったが、朝美が好きなラインで、サイズもちょうどよさそうなものであった。胸が開いている部分には、そのとき店においてあったバラのコサージュをすべてつけてくれた。レースの刺繍はきらきら光り、スパンコールが光の当たり方で、色がパールピンクや白に変化する、上品な明るさのものであった。それを見た瞬間、「これだ」と、二人の思いが一致し、その決断にはまったく迷いがなかった、という。

ドレスを買って病院にもどり、早速看護婦さんに手伝っていただき、朝美の腕を袖《そで》に通して、ウェディングドレスを着せた。サイズはまるで朝美がオーダーしたかのようにピッタリとフィットするものであった。そして、両手を前で組ませることもできた。

それから、家族の愛車、ボルボのステーションワゴンの後部座席を倒して朝美を乗せ、家内が抱きかかえるようにしながら添い寝をした。私は、これが朝美をこの車に乗せる最後になることを思いながら、車をゆっくり運転して家につれて帰った。

この車は、朝美が家族の好みをまとめ、色やさまざまなオプションを特注したもので、とても気に入り、大切にしていたものである。

家に着いて、朝美の部屋にある自分のベッドの上に横たわらせた。清潔好きだった朝美が、入院中に気にしていた髪の毛を、長女と朝美の弟の政希が、ウェディングドレスを着せたまま、部屋でシャンプーを使ってきれいに洗ってあげた。さらに、長女は朝美の化粧品を使って花嫁としてのメイクアップをしてあげた。姉と弟でなければ分からない、朝美の気持ちを理解しての行動であった。

花嫁のメイクが完了したとき、上智大学からアンドラーデ神父が来られた。ベッドに横になっている、ウェディングドレスを身につけた朝美を見てたいへん驚かれた。

家族だけが見守る中で、ミサをあげていただいた後、アンドラーデ神父は、「このような新鮮で、温かい愛に満ちたミサは初めてです。とても素晴らしく、感動しました」と、語られた。

朝美は、絶えず『神』と向き合い、「天国に行きたい」と願っていた。いつも、洗礼を授けていただいたピタウ大司教、聖ヨゼフ学園の校長だった藤原神父のお話を思い浮かべながら、どうしたら天国に召されるかを考えながら日常の生活を送っていた。ミサに参列するときには必ず白いベールをかぶり、ご聖体をいただくことに喜びを感じ、誇りとしていた。

朝美が、いつも大切に机の上に飾っていた置物がある。小さな女の子が、星の模様がついたドレスを着てひざまずき、手を合わせて祈っている姿が銅で作られ、縦十二センチ、横が六センチの板に貼り付けられたものだ。小学三年生のとき、幼児洗礼を受けた子どもたちが信仰をかため、初めての聖体を拝領して一人前のカトリック信者としての仲間入りをする「堅信の秘蹟」を受けたときに、教会の土曜学校の先生からいただいたものだ。

朝美はこの祈っている女の子を自分に置き換えて、「私は、神さまの子だ。だから、ひざまずいてお祈りするの……。私は、絶対に天国に行くよ」と、よく話していた。

二月十八日、鎌倉雪ノ下カトリック教会でたくさんの人々のご参列をいただき、レデンプトール会のフォルテン神父、イエズス会からディエス神父、アンドラーデ神父がきてくださり、三人の神父さまたちによって葬儀ミサが行われた。

「まるで結婚式のようだった」と、多くの方々に言われた告別式が終わり、朝美は逗子トンネルの上にある火葬場に運ばれた。

柩が炉に入れられ、火が点けられてしばらくしたとき、それまで、もう朝美の肉体が消失してしまう、と泣いていた家内が、突然、

「ああ、朝美だ……」

と、急に泣くのをやめた。そこで家内が見たものは、朝美がウェディングドレスの白いレースの長い裾《すそ》を静かに風になびかせながら、喜びに満ちた幸せそうな笑顔でゆっくり天に昇っていく姿であった、という。家内はそれを見て、「天国は本当にあるのだ」「朝美は天国に行ったのだ」と、いうことを確信したようだ。

家内は、いまでもそのときの「朝美の姿と顔の表情」がリアルに目に浮かんでくる、と機会あるごとに家族だけに話している。これは、他の人々には信じられないことで、「幻覚だろう」と思われるかもしれない。しかし、家内にとっては思いもしなかった、「天に昇って行く、朝美の幸せそうな笑顔の表情」は、驚きから大きな感動へと変わっていったのである。私たち家族にとっても、「朝美が天国にいるのだ」という確信を得ることができた事象で、精神的に救われ、とても幸せなことであった。

このことは、朝美が母親に示した最後の親孝行で、家族へのやさしい思いやりであったのだろう。日々の生活の中に朝美がいないのはとても寂しいことではあるが、家内にとっては、娘の希望どおりウェディングドレスを着せてやることができ、約束を果たした安堵《あんど》感を得て、とても慰められている。

（「月刊ずいひつ」七月号）

思い出は生きる力

塚本《つかもと》哲也《てつや》
（元東洋英和女学院大学長・作家）

妻ルリ子に突然先立たれてから、一年四カ月になる。しかし、いまだにあの日のショックと悲しみから立ち上がれないでいる。二〇〇五年（平成十七年）九月一日の朝、さわやかな起床の声で安心したが、十時ごろになって急に「気持が悪い」というので血圧を計ったら、上が三十八しかなく、下は計れないという異常な状態だった。すぐ救急車で近くの病院に運んだが、医師から「命を救うことはできないかもしれません」と言われ、まさかと気が動転した。

この数年、リューマチ、脳出血などで体力は弱っていたが、こんなことは初めてであった。群馬県榛名の老人ホームでのことである。しかし奇跡的に午後一時ごろには血圧も百五十ぐらいに回復し、救急治療室からベッドのまま出てきて、ホッとした。

「哲ちゃんはどこにいるの」と私を探す声がルリ子の第一声で、私はすぐ「足元にいるよ」と答えて安心させた。不安だったのだろう。病室は医師、看護師でごったがえし、車椅子の私はルリ子の前まで進めなかったのである。

「これからどこへ行くの？」と心配するので、「検査のために高崎の病院に行く。大丈夫だ。救急車は速いから、先に行っているよ」と言って、固く手を握ってから車で出発した。これが四十四年の結婚生活の最後の会話となるとは、その時は分らなかった。

　二時ごろ高崎の病院に着いて、入念な検査が行われたが、夕刻、汗びっしょりになった医師から呼ばれ、思いがけない宣告を受けて、動転した。

「腹部大動脈の中の血液が流れる穴が二つとも塞《ふさ》がってしまい、腸、肝臓、膵臓《すいぞう》などに血液が流れていません。腹部が写真に写っておらず、黒いままです。すでに壊死《えし》し始めているのでしょう。あと五分、十分後に異変が起こっても不思議ではありません。お命を救えず、申し訳ありません」

「まさか。これが最後か」と思った。

　暑い夏で、妻はばてて私は心配していたが、大腸という思いがけない所に致命傷が潜んでいた。急いで一般病室から離れている集中治療室に行くと、ルリ子はすでに人工呼吸器を付けられ、話ができない状態になっていた。

　急なことだがもう最期なのだ。涙を流してはならないと決心した。もう時間がないのだと、無我夢中で四十四年間のことを話した。

　夜九時になって思いがけなく面会時間の終わりが放送され、急に我に返り、「これでもう会えないのか」と暗たんとした。特に他の患者もいる集中治療室に長くいられないことは、後で知り合いの医師から聞いたが、恨めしく絶望的な気持になった。

看護師と話し合って消灯後も何度か妻の所に行ったが、三回目の時に妻は右手を上げて、空中に何か字を書いていた。「ありがとう」という字であった。ルリ子もようやく事態が分ってきたのかもしれなかった。私は「分っているよ」と手を握るだけであった。その時の妻の見開いた大きな目をいまだに覚えている。

病院から残暑のきびしい晴れた野道を走り、帰ったのは翌朝だった。わずか一日足らずだった。二人で部屋に戻った時、もはや口をきかない、安らかな表情の妻を前にして声をあげて泣いた。妻七十五歳、私は七十六歳、半年違いであった。

突然のことで、毎日共に暮らしてきた妻の姿が急にいなくなった衝撃は大きく、その寂寥《せきりょう》と悲しみ、空白感は堪え難かった。来る日も来る日も呆然としていた。年金生活の老人ホームは一人部屋で、四年前の脳出血のため重度障害者で歩けない私は、毎日、部屋から妻の好きだった庭を見詰め、妻の姿や声を心に描き、会いたいとそのことばかり思った。

四谷の聖イグナチオ教会での告別ミサの時、大賀典雄《おおがのりお》元ソニー社長の弔辞の中に、私の知らない妻のことがいくつかあって、私は次の挨拶ができないくらい驚いた。大賀さんとは終戦直後の第一回東京芸大音楽部の同級生、緑夫人はピアノ科のクラスメイトで、ウィーン音楽アカデミー留学の時の下宿も、緑夫人から引き継いだ音楽仲間である。弔辞を聞きながら、他にも私の知らない妻の姿があるのではと、友人やお弟子さんにお願いして、追想録「回想—ウィーン派ピアニスト塚本ルリ子」（非売品）を書いてもらった。それが右半身麻痺で一周忌もしてやれない私の、せめてもの供養であり希望であった。「回想」を読んだ人の多くは感動したといってくれ、うれしかった。

頂いた原稿を読んで驚いたのは、私の知らないエピソードばかりであった。みな私のいない所でのことだから当たり前だが、どれもこれも新鮮で、ルリ子がそこにいるようであった。思いがけなく私のことも結構話しているし、自分の知らない妻の姿が分り、姿の見えない妻が身近になった実感が湧いた。

名前の通りの瑠璃《るり》色の青い表紙の本が出来た時、教会の告別式で歌った賛美歌「また会う日まで」が再現されたようにも思い、聖イグナチオ教会のデーケン神父の「思い出は生きる力です」という告別ミサの言葉を思い出しながら、この本こそこれからの生きる拠《よ》り所と思った。

「早く立ち直って下さい。奥様が心配しますよ。元気になることが奥様を安心させることです」と多くの人が激励してくれる。有り難いことだ。が、実際は衝撃、悲嘆、愛惜、自責の念、後悔、無常観などが一挙に押し寄せて疲労困憊《こんぱい》し、原因不明の大病もして、長い入院生活を余儀なくされた。これは生きる限り続く悲しみである。

同教会の松本紘一主任司祭は「立ち上がれなくてもいいではないですか。心ゆくまで悲しんでやることです」と私に言ってくれた。それは悲しみに沈む私の心に沁《し》みた真の激励になった。妻との別れを克服することは、私にはできない。むしろ亡き妻を想い続けることによってのみ、共に生きることができる。人生の同行者であった妻のいない暗いトンネルだが、神に召されるまで心の中に常に妻を思い生きて行く以外にないと思っている。


（「文藝春秋」二月臨時増刊号）

インドネシアへの旅

児《こ》玉《だま》和《かず》子《こ》
（エッセイスト）

インドネシアのスラバヤに行ったのは昨年の夏だった。

娘一家が帰国することになり、この機を逸しては団体ツアーしかないと、思い立っての急な旅である。滞在日数は二週間は欲しい。

帰国日を遡って計算すると、準備には四、五日しかない。何から手をつけたらいいだろう。私は先ずパスポートを改めた。期限切れである。スピード写真を撮ることから始めてやっとパスポートの手続きを済ませた。

次は航空券の手配だが、海外旅行にも流行があるらしい。この夏はバリ島に人気が集中したとかで、航空券の入手に苦労させられたが何とか入手。私は順調な旅を予想して一人悦に入る。

日航機でジャカルタまで行き、ガルーダ航空機に乗りかえてスラバヤに着けば、娘夫婦が空港に出迎えてくれる手筈になっている。

娘婿は私の一人旅を案じてジャカルタの空港に出迎えると言ってくれたが断った。

飛行機を乗り換えるだけのことで、飛行機嫌いの娘婿を煩わせることもない。今までにも、初めての土地や空港で、小さいハプニングに遭遇したことは一、二度あったが、何とかなった。いよいよとなればインフォメーションで尋ねればいい。

私はこんな軽い気持ちで旅の途についた。

娘は私に二つのことを課した。

5千円札をポケットにでも入れておき、ジャカルタの空港でルピヤに両替えすること。

そのルピヤでテレフォンカードを買い、娘の家に電話を入れるというものである。

ジャカルタに向かう機内では、インドネシア語の一夜漬けに励んだり、上げ膳、据え膳の機内食を楽しんだり、うとうとと眠ったりしているうちにジャカルタに到着した。

私は税関に並びながら、ポケットの中で5千円札と、電話番号を書いたメモを握っていた。財布やパスポートを人目に晒さないようにと娘は繰り返したが、一般常識としてだろうか、それともこの国に対する特別の注意だったのだろうか。

そんなことを考えながら牛歩を繰り返し、行列の中程に差しかかった頃、私の前の日本人グループから中年の男性が「お一人ですか」と声をかけて来た。

バリ島へ、バリ島へとなびく行楽の人波に混じって、老女が一人所在なさそうに並んでいるのだから気になったのだ。

私はスラバヤに住んでいる娘を訪ねるのだと言った。男性は気の毒そうに、スラバヤへの税関はあちらと指差し、道順を教えてくれた。私は頼もしそうなこの男性に感謝し「彼が話しかけてくれなかったら時間を無駄にするところだった」などと思いながら、教えられた道を急いだ。

「彼が話しかけなかったらこうはならなかった」と気づいたのは、誰もいない荷物用のエレベーターの前に迷い出たときだった。

いくらバリ島に人気が集中しているとはいえ、スラバヤだって都会である。一人や二人の乗客がいても良さそうなものだが、税関どころか人影もない。私はインフォメーションを探してうろうろした。機内で読んだ『いざという時役立つインドネシア語』には「大使館は何処ですか」というのはあったが、大使館に駆け込むほどのことではない。

そこに現れたのがインドネシアの青年。私はどうも男性にモテる質《たち》らしい。クラーク・ゲーブル風の髭をたくわえ、色浅黒く小柄だが精悍そうだ。にこにこ話しかけてくるが油断は禁物。

私は異国の空港で手負いの獣のように、人が信じられなくなっていた。かといって、この髭のお兄さんを手放したあと、すがりつく「藁《わら》」が流れてくるだろうか。

ふと、彼の胸の写真つきネームプレートが目に入った。どうやら空港要員らしい。

私はスラバヤ行きの航空券を見せた。

「窮鳥ふところに入れば猟師もこれを撃たず」という。私は一か八かの賭に出た。

髭のお兄さんは大きく頷くと、自分の胸をぽんと叩いて早口に何か言った。「大船に乗ったつもりでどうぞ」とでも言ったのだろうか、私のキャリーバッグを引くと歩きはじめた。

私は「怪しげな小舟に乗った心地《ここち》」で、小走りにあとを追った。

来た道とは違う裏道をくねくね通り抜けると、呆気なく元の税関に出た。

行列は相も変らず延々と続いている。なんのことはない。振り出しに戻ったのだった。

髭のお兄さんは私にキャリーバッグを返すと笑顔で頷き、何処かに消えた。お礼を言う暇もなかった。私は髭のお兄さんに猜疑心を持ち続けたが、実は親切で職務に忠実な人だったのだ。そして、頼もしそうと踏んだ日本の中年男性は頼もしくなかった。

私は再び税関に並びながら、この程度で許して下さった『災いの神』と、髭のお兄さんをお遣わしになった『救いの神』に感謝した。

三十分余を並んで、やっと税関を抜けると髭のお兄さんがにこにこと現れた。ずっと待っていてくれたのだ。単細胞の私は、地獄で仏に出会った亡者の心境で「テレカマシー、サンキュー、ありがとう」と、感謝を三ヶ国語で口走った。

髭のお兄さんはまた私のキャリーバッグを引き、免税店や土産物店の並ぶ賑やかな通りを慣れた足取りで進み、両替のプレートの出ているところで立ち止まった。

そうだった。忘れていたが5千円をルピヤに換えるのだった。私は両替したルピヤ札を髭のお兄さんに示して「テレフォンカード」と言うと、ダイヤルを廻す仕種をした。

髭のお兄さんは私の顔の前にストップと取れる合図をし、やおらテレフォンカードを出した。それを私に差し出してくれた。

「使わせて頂く訳にはいきません。どうぞ売り場に連れて行って下さい」私はこんなことを言いたいのに言えない。仕方なくまた三ヶ国語で済ませる「テレカマシー、サンキュー、ありがとう」

公衆電話の並ぶところに連れていかれてみると、ダイヤル式の電話なんて一台もない。私ははるばるジャカルタまでやって来て、時代遅れを披露して見せたことになったが、旅の恥ということにしよう。私は髭のお兄さんに電話番号を渡し、電話をかけてもらうことにした。この辺りの交渉は以心伝心。

髭のお兄さんは何回も掛け直したり、電話機を替えたりしたが繋がらない。後でわかったのだが、私は番号を間違えて写していた。

それを知る由もない髭のお兄さんは、度々私に質問を浴びせる。質問されても、言葉の障害は質問以前の問題で、私はその都度目を宙に据えたり、首をかしげたりした。

そのうち、ジャカルタで電話をする約束はしたものの、これを取り止めても大したことではないと思えて来た。飛行機の便も、到着時間も知らせてあるのだから、これはいわば途中経過報告のようなものだ。私は勝手な理由で電話をあきらめた。

ふと見ると、幸せにも真向かいにガルーダ航空の搭乗手続きカウンターがある。私は、搭乗手続きに移りたいと伝えたいが「テレカマシー」一本槍では断りもなく行くしかない。振り向くと髭のお兄さんがぽかんとしてこちらを見ている。私は指で輪を作るとO・Kのサインを送った。いい気なものである。

搭乗手続きを終え、空港使用料を払うと、千ルピヤ札四枚が残った。

チップは日本の五百円に相当する千ルピヤ札一、二枚が相場だと娘は言ったがそれでは申し訳ない。私は髭のお兄さんの処に戻ると、残りのルピヤ札全部を差し出して言った。

「テレカマシー、テレカマシー、本当にテレカマシー、サンキュー、ありがとう」

沢山言えばいいというものでもないが、感謝を口にするとこうなってしまう。

髭のお兄さんは少し迷う様子を見せたが、テレカマシーと言って両手で受け取り、ガルーダ航空の搭乗口まで送ってくれた。

お別れである。私は改めてまた唱えた。

「テレカマシー、サンキュー、ありがとう」

三ヶ国語を駆使して、髭のお兄さんにすがりついたお陰で、やっとガルーダ航空に乗りかえることが出来そうである。


スラバヤへ。

私は空港の広々とした通路の中央を貫いている動く歩道に身を預け、ゆっくり運ばれて行った。

接続時間はまだ二時間余もある。インドネシア人らしい男女数人が歩いているだけで閑散としている。

あと二時間余を消化すれば、私はスラバヤに向かう機上の人ということになる。つい先程とは別人のようなこのゆとり、我ながらおかしい。その時うしろから「あのー。日本の方ですか」と聞こえてきた。

振り向くと六十歳前後と見受けられる二人の日本人女性が「ああ良かった。やっぱり日本人」と言った。彼女達の喜びはそのまま私の喜びでもあった。

「まあ、日本人に会えるなんて嬉しい」

私も思わず感想を洩らした。つい四、五時間前まで、沢山の日本人に囲まれて日航機のシートに座っていたというのに、この人恋しさはどうだろう。

思い込みの激しい私は、スラバヤまでの道連れにまたとない人を得たと心強かった。

彼女達も思い込みの激しいひとらしく「おたくもジョクジャカルタに行くんですか」と言った。聞けば二人は散々迷ったあげく、ここに辿りついたが、この先にジョクジャカルタ行きの搭乗ゲートがあるだろうかと、まだ不安らしい。日本語の通じる私を頼りに思ってくれるらしいが、私とて「六番ゲート、六番ゲート」と、自分の搭乗ゲートを唱え続けている始末、何の力にもなれない。

動く歩道が尽きると、私達はつかの間の邂逅《かいこう》と別離に、どちらからともなく手を差し出し、握手を交わしていた。

二人と別れたあと気付いた。私はこの一、二時間のうちに日本語を使う自信を失っていた。私は明日から娘一家とジョクジャカルタに行くことになっている。二人からジョクジャカルタと聞いた時点で、いつもの私だったら自分のスケジュールを話し、「あちらで会えると嬉しい」ぐらいのおしゃべりはした。

六番ゲートの待合室は円筒形のガラス張りで、四、五本の大木が待合室を囲んで伸び、ガラスに触れんばかりに沢山の花をつけていた。高い天井は金と白とコゲ茶色の幾何学模様で、なんともエキゾチックである。

人一人居ないこの空間は私に感傷を強いる。

私はガラスに額を押しつけて花に見入った。

手のひら程の楕円形の葉と、象牙色の大きい花が暮れゆく辺りに華やぎを添えていた。

香りはきく術もないが、ぽってりと重そうな花の感じから、くちなしの香りを想像した。

そこに係員が来て二台のテレビにスイッチを入れると私の横に立ち、花を指さして何か言った。たぶん花の名を教えてくれたのだと思ったが「きれいな花ですね。とてもきれい」と私は日本語で言った。

係員は隣の木に指を移すと、また何か言ってドアの向こうに消えた。

辺りは徐々に夜に移ろうとしている。私は感傷的にさせられたまま、一人取り残された。

この頃、こうした所在ない時間に忍び込んでくる甘い思い出が私を包んだ。

この数ヶ月を、夫の限られた命と向き合って過ごし、それに続く死と、そのセレモニーを終えた。

共に過ごした半世紀を振り返ると、夫は私の伯楽《はくらく》であった。伯楽は駿馬《しゅんめ》と駄馬を識別できる見識を持ちながら、自分の配偶者に駄馬を選んだ。そして駄馬のなけなしの長所を見出してくれた。

後悔をぐじぐじ引きずる傾向にあった私は、夫との時間経過のうちに、いつの間にか調教され「事に於いて後悔しない」という夫の信条が身についていた。

それは「楽天的に生きる、楽しく生きる」に通じ、今の私の境遇に役立つ。夫は名調教師でもあったのだ。

こうした思い出に耽るとき、私は夫を駿馬とまで思ってしまう。駿馬と駄馬の道行きは、文字通り馬が合った。過ぎ去った歳月に後悔はない。

仏教美術を愛した夫と、喪中にある私に、ボロブドール仏教遺跡はかっこうの地である。娘一家の帰国にこんな意味を重ね、一葉の写真となった夫との旅である。

急にざわめきが起こって、私は現実に引き戻された。スラバヤ行きの機に接続するバスが到着したのだろうか、沢山の人が待合室を埋めた。時計を見るともう出発三十分前。

ひきもきらずやって来る人々は、いつの間にか長い列を作っていた。

ほどなく搭乗ゲートが開いて、誰も送迎バスに急ぐ。バスは三台待機していたが、直感の促すまま、その一台に乗った。

このバスで良かったのだろうかと不安がよぎったが、何とかなるとたかを括った。

ガルーダ航空のスラバヤ行きは中型ジェット機だった。有難かったのは、天井の処々に配置されたテレビが、インドネシア全島を映し、飛行位置が刻々模型飛行機で示されることだった。これで一時間余の搭乗時間中、誰の助けも借りず、安心して過ごせる。一つ覚えのテレカマシーも出番はなさそうだ。

離陸して間もなく、中央通路を小さい籠を持ったスチュワーデスが通った。

隣の席でかなり強烈な芳香を漂わせていた恰幅《かっぷく》のいい紳士はスチュワーデスを呼び止め、籠からキャンディーを取った。

気むずかしそうに見えた顔は笑顔に変わり、黙って私に差し出してくれた。

突然の出来ごとだったのに私は「テレカマシー」と咄嗟に応じた。サンキューやありがとうの援助もない完全なインドネシア語。

この長足の進歩は娘夫婦に自慢しなくてはならない。私は自分には甘いのだ。

キャンディーを食べてしまって、手持ち無沙汰のまま、密かに隣の紳士の観察をした。

彼も髭のお兄さんと同じような髭を生やしていた。巨体と芳香と大きい手。その手で摑んだ小さいキャンディー二個。日本の老女に黙って差し出してくれた行為。

私はスラバヤに着く前に、インドネシア人は皆いい人という結論に達していた。

空港には三人の孫娘もにぎにぎしく出迎えてくれた。私は偉業をなし遂げた気にさせられ、車に乗ると興奮気味に髭のお兄さんの描写から始めた。勿論キャンディーの紳士のことも逐一話し「誘拐もされずに一人でよく来たでしょ」と軽口をたたき「インドネシア人はいい人ばかりね」と言った。

聞き終ると娘が「誘拐しても処分に困るだけでしょ」と、もっともなことを言った。

娘婿は「とにかく無事で何よりでした。でも、インドネシア人は皆いい人と決めてかかるのはどんなものでしょう。それは日本人にも言えることですが……」

「それと、インドネシアの男はたいてい髭を生やしていますよ」

なるほど。見ればこの運転手さんも立派な髭を貯えている。その時五歳の孫娘が「おばあちゃま、本当はテレマカシーだよ」と言った。珍道中を話しながら度々登場したテレマカシー。私はテレカマシーと覚え込んで平気で使っていたらしい。

思い返すと髭のお兄さんも、キャンディーの紳士も、私のテレカマシーに応えてくれる笑顔の奥には、人を許す温かさのようなものがあった気がする。インドネシアの殿方は、やっぱりみんないい人と思いたい。

もう一度お礼を言おう。「テレカ、、マシー」

おっと、「テレマカシー」だった。

（「樫の木」十五号）

もぐらが来た

馬場《ばば》あき子《こ》
（歌人）

今年は暖冬である。朝から明るい青空が広がり、朝寝坊の私はたいへん機嫌のいい朝を迎えていた。夜の間にちょっとおしめりがあったような朝は特別に気分がいい。というのも、昨年末に両眼とも白内障の手術を受け、視野が殊に明るくなった上、光彩に敏感で、碧や紫の光がほんのりと視界に満ちている。そのせいか朝夕の風景が殊にも美しいのである。

世の中暗い事件ばかりが報道されているのに、こんなに外界が美しくていいのだろうか、などと思っていたが、ある朝、雨戸をさっと開けると、いつもの美しい光彩を帯びた庭にぎょっとするような異変が起きていた。玄関脇から部屋沿いに五十センチとか一メートル置きぐらいに醜く土が盛り上がり、春には緑を回復する苔も台なしに、無惨に掘り返されている。

「もぐらだ！」じつに久しぶりの光景である。ほぼ二十年ぶりにもぐらが庭中を走りまわったらしい。調べてみると家のまわりに十箇所くらいのもぐら穴があいている。これはもぐらが地下道を掘りながら所々に土を搔き出したものである。どうして今頃になって、もぐらが出てきたのだろう。早速に植木屋さんに来てもらい対策を立てる。どうやら、すぐそばにある某社の社員用グラウンドのハウスが建て直されることになったため、解体の地響きに驚いて移動して来たにちがいないということになった。

もぐらは光に弱くてほとんど眼が見えないが、とても大食漢だという。まずはその好物のみみずを餌にしてもぐら罠を仕掛けることにした。罠はごく簡略なもので、口径十センチ、長さ三十センチくらいのブリキの円筒に、一度入ったら出られないようにヘラ状のものをつけ奥に餌を入れて、もぐらの通路に置いておく。

待つこと三日、何ともぐらは餌だけを取ってみごとな罠ぬけをやってくれた。その上これみよがしに庭中に地下道を掘りめぐらし、土を掘り上げてある。野良猫がやってきた。決まった時間にこの庭を横切る顔なじみの猫だ。もぐらの土を嗅いでいる。何だか胡散臭《うさんくさ》い顔をしてしばらく立ち止まり、去って行った。植木屋さんはもぐらがいるのは土がいい証拠だと、何年もその手で手入れをしてきた土を自慢しほめてくれた。

それから何日かして梅が咲いた。頭のいいもぐらを取りあぐねて、私と植木屋さんはまた相談を重ねた。人間はまったく利己主義で、たかが一、二匹もぐらが居る庭に我慢がならない。その顔を見たこともないが、もし子育て中だったら、大食いのもぐらは一日中地中を掘りまわって、餌のみみずや虫の卵を見つけるのに大変なはずだ。可哀そうだなあ、と思うもののやっぱり不当な闖入者《ちんにゅうしゃ》のようで同居はいやなのだ。春になればもっと活動は激しくなる。ちっぽけな庭に、さらに椿が咲き、桃が咲くとき、その下にもぐらの道があることが、どうしても許せないのである。

「じゃあ、ガスを使おうか」と植木屋さんが言った。「えっ、ガス」。その瞬間、私はアウシュヴィッツを思い、庭の地下道でもぐらの一家が惨死している光景を想像してぞっとした。そんならやっぱりもぐらと同居したほうがましである。この春もぐらはどのくらい庭を走り回るだろう。「よし、許してやるとも」と呟くと、気持ちもやっと落ち着いたようだ。木蓮の蕾もすこうし膨らんで、「もぐらの受け入れにずいぶん時間をかけたねエ」と笑ったような気がする。

（「暮しの手帖」四、五月号）

妻への手紙を書きつづけて

永《えい》 六《ろく》輔《すけ》
（放送タレント）

無着成恭サン（泉福寺住職）
「看取ってから五年がヤマ。
あとはゆっくり生きましょう」
石井好子サン
「奥さんの想い出にひたってては駄目よ。
私も夫を失なってから、一緒に過した部屋が辛くて、考えて、考えて建て直したの。
奥さんがいたままの部屋にいるってピーコに聞いたから、心配で心配で」
月心寺庵主サン
「生きてちゃ駄目だって言ったでしょ。
恋女房を看取ったら、すぐ後を追わなきゃ駄目だって。
そうすりゃ、周囲も納得するし……。
後を追えないなら、もう生きてるしか仕様がないわね」

黒柳徹子サン
「私ね、百歳まで仕事してると思うの。
それ、見届けてほしいの」
瀬戸内寂聴サン
「いるのよ、その辺に。
いるのわかっているでしょ。
いなくなったと思ってないでしょ。
いるのよ、あなたのそばに」

◯

いろいろな人からいろいろなことを言われてきた。

みんな、心配しての言葉である。

「お淋しいでしょう」

「御不自由でしょう」

これは日常の挨拶。

その日常を一番知っているのは、二人の娘である。

気の毒なのは、この娘達が、父親の世話を手抜きしていると思われることである。

七十四歳の父親の自立を励ましているのも、裏目に出ることがある。

料理、洗濯掃除は、全く娘まかせ。

二人の娘は同時に二人の妻ほど、うるさい。

「いつか昌子さんの暮しを片づけなきゃね」

これは三人に共通する話なのだが、誰も手をつけない。

玄関には昌子の靴。

洗面所に昌子の歯ブラシ、化粧品。

洋服ダンスには……。

五年たっても誰も手をつけない。

寂聴サンが言う通り昌子は、家にいるのである。

故人の部屋がそのままという家族の話はよく聞くが、その気持ちよくわかる。

石井好子サンの言葉が、あらためて重い。

淋しがって想い出の中に生きて呆けてゆくか、
男やもめの人生を新しく楽しむか。

娘二人と周囲の友人がじっとみつめているのだが、心配していることのひとつに、昌子宛の手紙がある。

亡くなってから一日も欠かさず出している手紙。

毎朝、起きると、昨日のことを報告する。

宛名は昌子。住所は自宅。

朝、街角のポストに入れると、夕方は自宅のポストに入っている。

それだけのことだが、今でも続けている。

ラジオの投書で習慣になっていて、苦に思わないから、止めるキッカケが無い。

止めると、昌子との距離が遠くなってしまいそうで、一寸、淋しい。

ただ、昌子の言葉を裏切っているケースもある。

「何をしてもいいけど、人前で歌うのは止めてほしいの」

このところ歌手を楽しんでいるのは、昌子がいないからである。

小沢昭一サンと歌って、野坂昭如サンを舞台に呼び戻そうという作戦だ。

先日、築地本願寺本堂でのコンサートには、客席に秋山ちえ子サンがいた。

「歌というより、昌子さんへのお経のように聞こえたわよ。それと野菜喰べてね」

秋山さんも三人目の昌子のように、心を配って下さる。

男やもめ五年生。

金婚式を間近にしていた男やもめ。

疲れのような、老化のような、そして昌子ダメージのような、よくわからない体調であることは確かである。

世の中には多くの男やもめが気を病んでいるという評判をよく聞く。

夫が看取ると余命五年。

妻が看取ると余命二十二年。

この本を手にした夫婦健在組にお願いしたい。

余命の格差を小さくしていきましょう。
特に男やもめになる皆さん。
あなたがそうなった時のことを考えて、心構えをしておきましょう。
無着さんの言う通りです。

（「文藝春秋」二月臨時増刊号）

'08年版の作成に際しては、二〇〇七年中に発表されたエッセイから二次にわたる予選を通過した百十六篇が候補作として選ばれ、日本エッセイスト・クラブの最終選考によって五十四篇のベスト・エッセイが決まりました。今回は、加藤雅彦、斎藤信也、佐野寧、村尾清一の四氏が選考にあたりました。

2009年版ベスト・エッセイ集作品募集

対象　二〇〇八（平成二十）年中に発行された新聞・雑誌（同人誌・機関紙誌・校内紙誌・会報・個人誌など）に掲載されたエッセイ。雑誌は表示発行年を基準とします。なお、生原稿、単行本は対象外とさせていただきます。

字数　千二百字から六千字まで。

応募方法　自薦、他薦、いずれのばあいも、作品の載っている刊行物、または作品部分の切抜き（コピーでも可）をお送りください。その際、刊行物名・その号数または日付・住所・氏名（必ずフリガナも）・年齢・肩書・電話番号を明記してください。但し同一筆者の推薦は一篇に限ります。採用作品の筆者に原稿掲載料をお送りします。応募作品は返却いたしません。尚、書籍の発行をもって、発表に替えさせていただきます。

締切　二〇〇九（平成二十一）年一月二十三日（金）（当日消印有効）

送り先　〒102-8008　東京都千代田区紀尾井町三ノ二三　文藝春秋出版局　ベスト・エッセイ係

ISBN978-4-16-370550-7

美女《びじょ》という災難《さいなん》

—'08年版ベスト・エッセイ集—

二〇〇八年八月三十日　第一刷発行

編　者　日本エッセイスト・クラブ

発行者　庄野音比古

発行所　株式会社　文藝春秋
〒102-8008　東京都千代田区紀尾井町三—二三
電話　〇三　三二六五—一二一一

印刷所　精興社

製本所　中島製本

日本エッセイスト・クラブ編

ベスト・エッセイ集

'98年版最高の贈り物★（単行本品切）

'99年版木炭日和《もくたんびより》★（単行本品切）

'00年版日本語のこころ★（単行本品切）

'01年版母のキャラメル★（単行本品切）

'02年版象が歩いた★（単行本品切）

'03年版うらやましい人★

'04年版人生の落第坊主★

'05年版片手の音★

'06年版カマキリの雪予想

'07年版ネクタイと江戸前

★印は文春文庫にも収録されています

文藝春秋刊